ママの足は車イス

絶望を救った
たくさんの愛と
小さな生命

又野亜希子

Matano Akiko

あけび書房

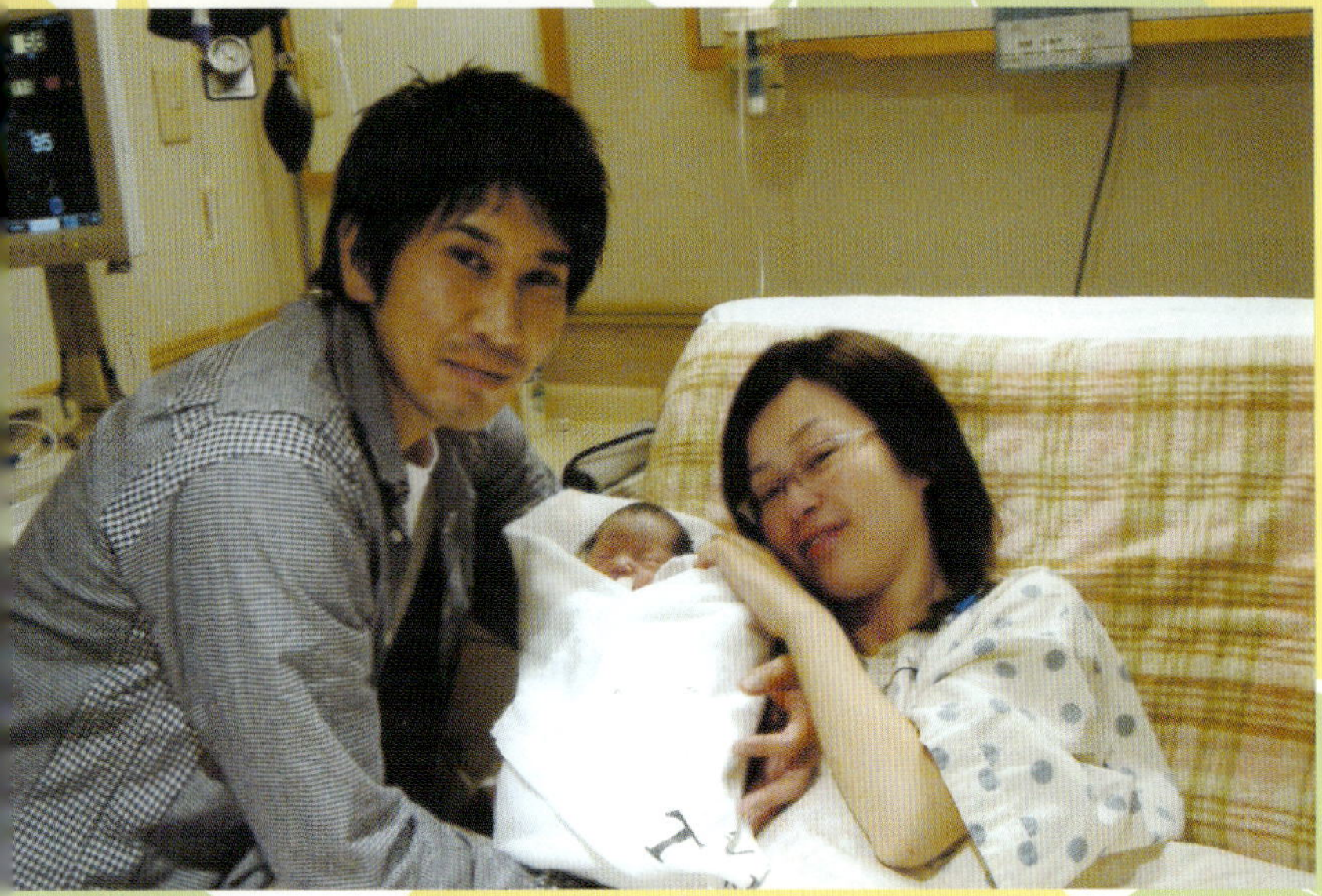

2006年5月2日PM2:39、私は車椅子ママになりました。1か月早い出産でしたが、2306gの元気な女の子。
「私をママに選んでくれてありがとう!!　これからもよろしくね！」
杏子(ももこ)と名づけました（パパと杏子と私。出産直後）

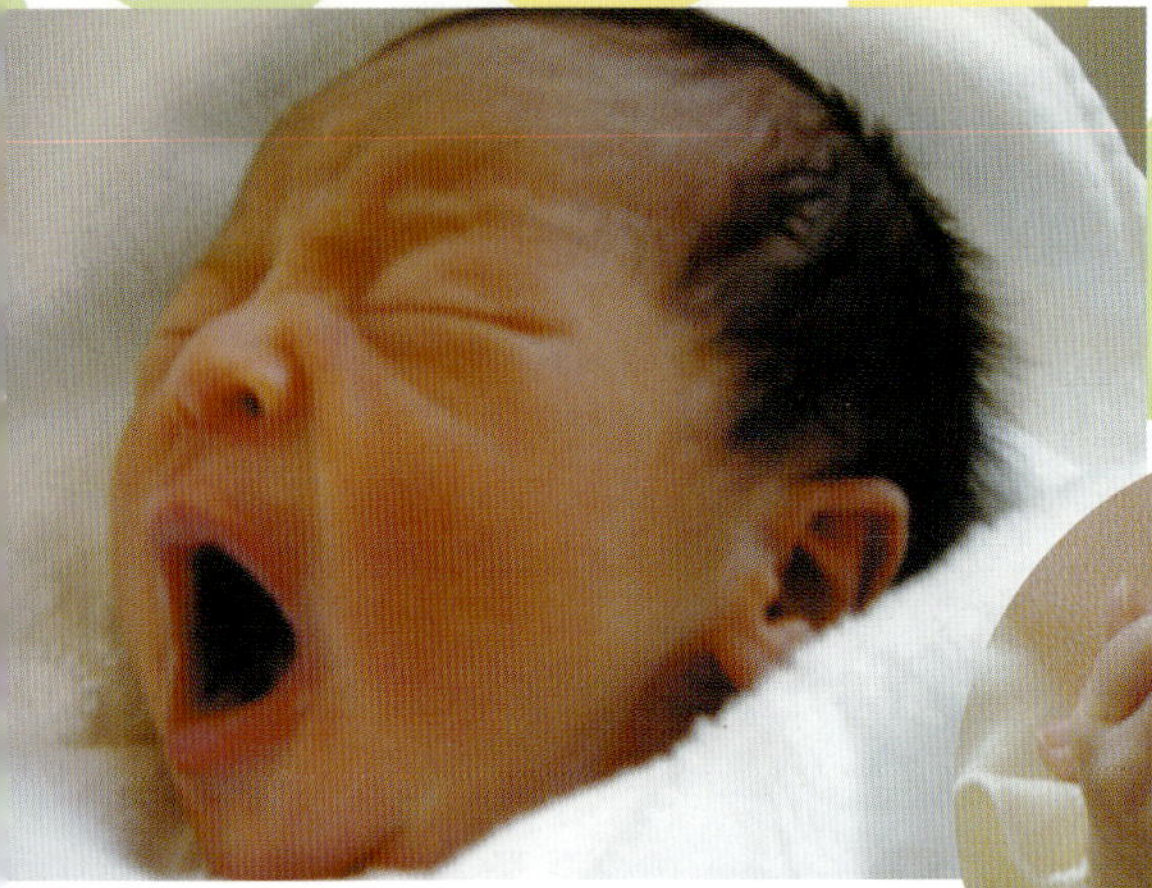

きなあくび。誕生2日後の杏子です
が子への最初のプレゼントとして
産時にさい帯血を保存しました

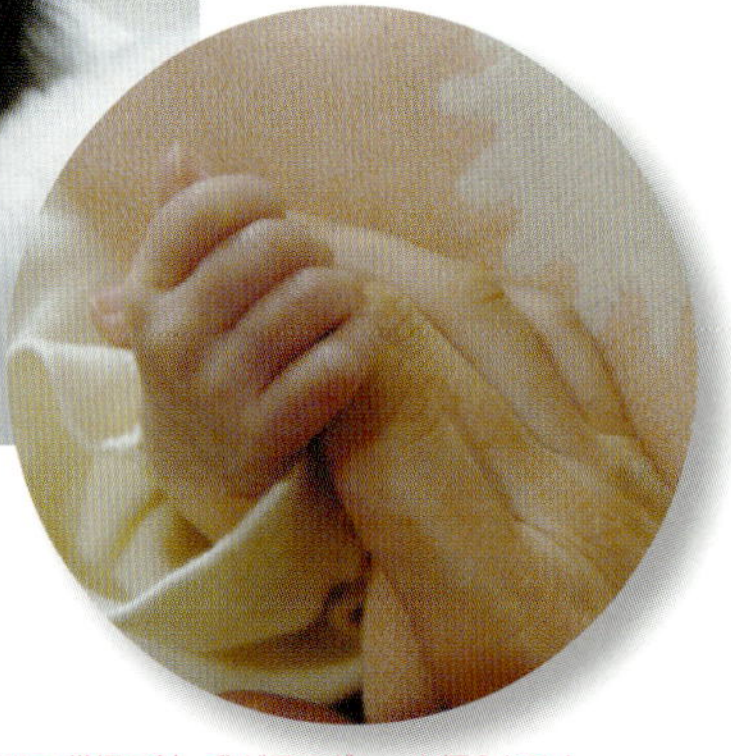

新生児に見られる掌握反射。我が子にギュッと握られると、
必要とされているようで、嬉しくてなりませんでした(生後20日目)

追いかけっこ。まて、まて～!!（07年8月）

首も据わり、体もしっかりしてきたので、
抱っこひもを使って庭を散歩（06年9月）

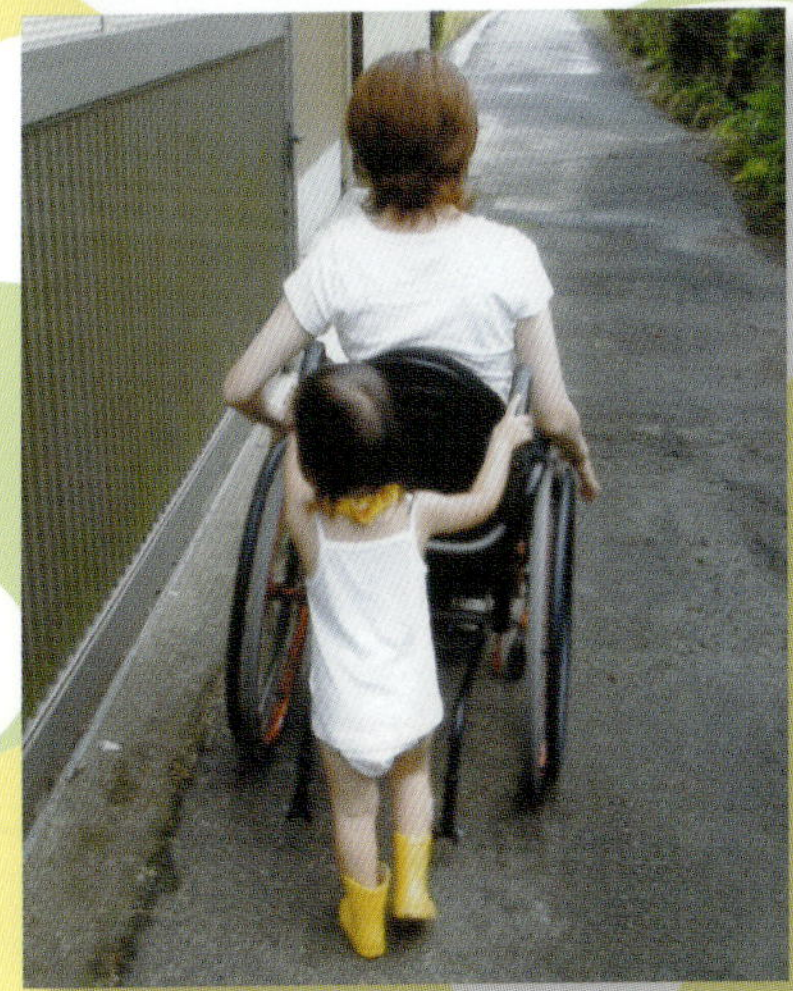

「ももが押してあげるよ」（08年8月）

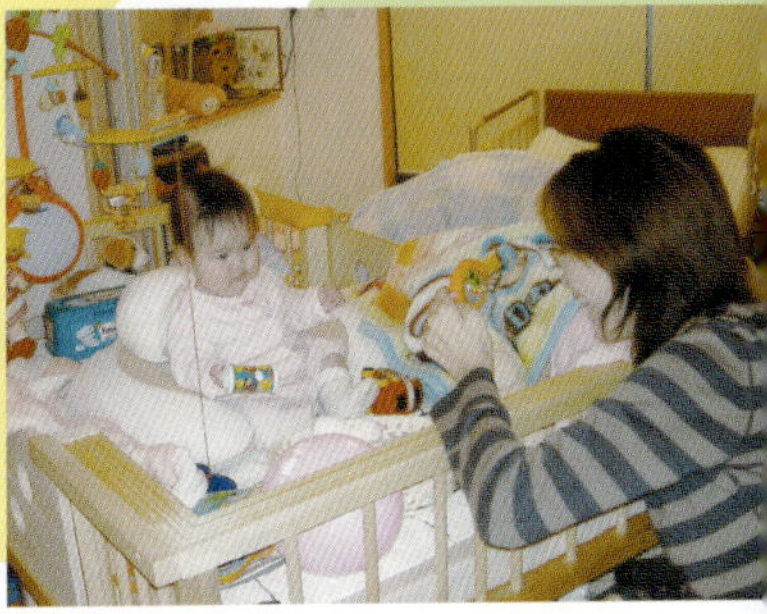

床に下ろしてあげられないので、
杏子の遊び場は特製のベッドです(06年11月)

大好きなディズニーランドへ（08年11月）

元気いっぱい。
つかまり立ちも上手になってきました(06年12月)

今日は近くの公園に。
パパべったりの杏子です（09年9月）

「ママ、大好き…」

はじめに ――たくさんの愛に支えられて

生まれて28年と半年で私の体は自由を失いました。

2004年7月16日朝、勤務先の保育園へと向かう途中に交通事故に遭ったのです。その事故で首の骨を折り、頸髄を損傷した私は、体に重い障害を負いました。胸から下が完全に麻痺し、右手の握力も完全に失いました。左手にたった2キログラムの握力が残っただけです。そして、車椅子で生活することを余儀なくされたのです。

それは、新しい自分の道が切り開かれ、これから…といった矢先の事故でした。

生涯生きがいとなる仕事を持ちたいと考えていた私は、結婚前、公立の幼稚園教諭として働いていました。しかし、通勤距離の問題から結婚を機に退職。そこで私が考えたのは、保育士資格の取得でした。小学校教諭と幼稚園教諭の免許しか持っていなかった私は、需要の高い保育士資格を取得することで、また新たな可能性や道が広がるのではないかと考えたからです。

　そして、ＡＯ入試で短期大学へと入学。乳幼児教育の視野は広がり、私と同じ年代で乳幼児教育を志す素晴らしい仲間との出会いにも恵まれました。２００４年４月、群馬県邑楽町立中央保育園へと勤務し始めました。かわいい子どもたちに温かな雰囲気の保育園…。全てが新鮮そのものです。

　そんな希望と期待に満ち溢れた春からわずか３か月半後の７月16日の朝、悲劇が起こったのです。

　あの日から今年で５年が経ちました。２度にわたる大きな手術に厳しいリハビリ、退院してからの車椅子生活…。そして、出産…。

　絶望と幸せの入り混じったこの５年は長くもあり、とても短かったように思います。

　義母が入院中に言った言葉があります。

「あっこちゃん。生きていて本当によかったよ。死んでしまったら終わり。灰になってしまうだけ。どんなになっても生きていれば、必ず道は開けるのだから」

「はい」

私は無表情に答えたのを覚えています。しかし、心の中では、「それはそうかもしれないけれど、こんな体では、死んだほうがまし。死んだほうがラク」との想いも駆け巡っていました。

「命があってよかった」という義母の言葉が、今になって胸に染みます。むずかしい理屈なしに、「人間は命があるだけで誰でも価値があるのだ」と思えるようになりました。

そして、その命は愛なくして輝くことはできません。私は、この5年間で多くの方がたのたくさんの愛に支えられたおかげで、命に輝きを取り戻したように思っています。

そして、そんな私のお腹に2005年秋、小さな命が宿りました。お母さんになる…。それは、私がずっと夢見ていたことです。たくさんのリスクを抱えながらも2006年5月2日、娘を無事に出産しました。こんな私を母として選んでくれた娘。こんな私を母として認めてくれた娘…。娘の誕生は感動と喜びに溢れました。妊娠、出産、育児を通して娘が私を大きく変えてくれたように思います。

振り返ると、自分の身に起こった現実を認められず、自分の足で歩いている人がただただ羨ましくてしかたなかった私が、いつのまにか車椅子での生活を自然なものとして、母として前向きに生きていることにこの本の執筆を通して気がつきました。

現在、相次ぐ自殺や殺傷事件など、簡単に命を傷つけ、奪ってしまう事件が多くあります。心が痛みます。お互いがおもいやり、支えあい、いたわりあう、そんな愛溢れる社会になることを願ってこの本を書きました。

若輩者の私が綴った本ですが、人間の持つ命、そして愛の素晴らしさを少しでも感じていただけたら、今こうして生かされていることに改めて大きな意味を感じ、幸せに思います。

2009年9月

又野　亜希子

2章　7か月間のリハビリ

5章　不自由な体に宿った命──123

6章　車椅子ママの子育て日記──151

各章の扉の写真は杏の花です。桃色の愛らしい花です。
著者はこの花にちなんで、わが子に杏子(ももこ)と名づけました。

1章
ある日、突然の交通事故

通勤途中の衝突事故

「首が痛い。首が痛いよう」

私はしきりに首の痛みを訴えていたようです。そして、医師からの言葉。

「4～5時間がヤマです」

父と母は、やっとここまで育て上げた娘の変わり果てた姿に抱き合って泣いたそうです。

2004（平成16）年7月16日。この日が私の運命の分かれ道となりました。


暑い陽射しの照りつけるいつもの朝でした。9時出勤でいつもより少し余裕のある私ですが、気づくと、「こんな時間！」。

洗濯を済ませ、朝食の準備、仕事へ向かう準備…。大忙しです。

「まこちゃん。ほら、ご飯できてるよ。ちゃんと食べていって」

「あ～」

面倒そうに返事をする夫（まこちゃんとは私の夫のことです。理と書いて、まことと読みます）。朝シャワーを浴びる夫は食事を十分にしないで出かけてしまうことが多々あったので、朝からこんな会話がいつも繰り返されていました。

「よし！　準備完了。今日も暑い！　この暑さでは、子どもたちも少しかわいそうだな」

空を見上げてそうつぶやく私の隣で、「急がなきゃ！　遅れる～！」と夫は慌てていました。

「いってらっしゃい」「行ってくるね」

夫は急いで靴を履き、玄関を飛び出していきました。夫が出勤するのを見送り、私も仕事へと向かいました。

AM8：40。車を運転していると、背後からじりじりと照りつける太陽。

「今日もプールだ。水着にタオル…。忘れ物はないな」

私は確認するように独り言を言っていました。先月まで黄金色の麦が広がっていた田んぼは、すでに稲の苗が植えられ見渡す限り綺麗なグリーン。そんな自然豊かな道を通って保育園へと出勤します。この道が大好きな私。それが、魔の道になることなど思いもしませんでした。

私が事故に遭遇したのは、家からたった300メートルほどの十字路です。直進する私の車からも左から来る車からも見通しが悪い所でした。その十字路で左から来た車と衝突…。

その後の数日間のことは覚えていません。私の車は田んぼに飛ばされ、さかさまになってしまい、そして、近所の方の通報で病院へと搬送されました。

ベッドに横たわる私に付き添っていた夫は必死だったそうです。

「首が痛い。首が痛いよう」

「大丈夫。今すぐに先生が診てくれるから。もう少し待って」

痛がる私を夫はそう励ましながらも、「早くしてください！　首が痛いと言っています！」と看護師に大きな声を出していたそうです。

そして、CTスキャンを撮ることになりました。CT室に入る前、私は夫に「バイバイ」と手を振ったとのこと。でも私の記憶にはありません。命の危険をなんとなく察していた夫は、まるで、別れを暗示させるような私の「バイバイ」に「バイバイなんて言うなよ！」と強く言い放ったそうです。

そして、「どんなになっても命だけは助けてください」と必死に医師へと頼む義母。みんながひとつになり、私の命の灯火が消えぬよう祈り続けた、長い長い一日となりました。

4〜5時間と言われた命が…

診断の結果、頸椎（首の骨）損傷。そして、頸髄（頭とつながっている神経の束）までも損傷してしまった私は、すぐにでも手術をする必要がありました。手術といっても、一度損傷を受けた頸髄（神経の束）の治療はできません。今の医学では、神経細胞には再生能力はないと言われています。そのため一度損傷を受けると、体には重い障害が残り、たいていの人は車椅子生活を余儀なくされてしまいます。

そこで必要なのは、頸椎（首の骨）の手術。無意識に動いたりすることで折れた頸椎を動かし、骨の中を流れる頸髄をこれ以上圧迫、損傷しないようにするため、つまり麻痺が重くなることを防ぐための手術です。

しかし、私が搬送された病院には頸椎の手術ができる医師がいないということです。私を他の病院へと転院させなければなりませんでした。転院させるために必要な物は、私を動かすことで頸髄をさらに損傷させないようにするため、首を固定する装具です。その装具は見るに耐えない残酷なもののようです。頭蓋骨に直接ドリルで穴を開け、ボルトで固定する「ハローベスト」というものです。しかし、そのハローベストが届くまでに連休をはさみ5日かかってしまったそうです。

その間の私は、頭の両端に砂袋を置かれ、ただただベッドに仰向けになって、動くことを禁じられた状態でいるしかありませんでした。私にとってはもちろん、家族にとっても何もできずに私を抑え続けなければならないことは、辛く苦しいことだったようです。

気管切開をし、人工呼吸器が付けられている私は、声を出すことができません。家族は懸命に私の口の動きから言葉を読み取ったそうです。

「起きたい」「首が痛い」「喉が苦しい」「園長先生には連絡したの？　いつから働ける？」「私は風邪なの？」

唯一動く腕を振り上げて、寝返りを打ちたいと訴える私。

「もう少ししたらラクになるから」「ひとりではないから。みんなついているよ」

もうろうとする意識の中、夫が私の手を握り締めて繰り返すこの言葉を何度聞いたことでしょう。そして、母の顔と声。薄れた意識の中で確かに覚えています。

「亜希子、しっかりして。もう少しの我慢よ」

振り上げた腕を母が強く抑えました。家族にとって私の首を動かさないようにすることが限界になっていた頃の、事故から2日目の夜、意識がもうろうとして眠れるようにする薬を精神科医に点滴で投与されました。しかし、その晩の私は、しきりに腕を動かし、ほとんど寝ない状態だったそうです。「起きあがりたい」、きっとそんな気持ちだったのでしょう。

幸い、たくさんの励ましもあってか、4～5時間と言われた私の命は、24時間、48時間と繋ぎとめられました。

そして、ハローベストが到着した5日目。私は埼玉医科大学総合医療センターの高度救命救急センターへと転院しました。

頚椎の大手術成功

7月21日PM12：40、埼玉医科大学総合医療センター着。

救急車到着を待ってくださっていたのは、大河原健人先生でした。健人先生は夫の小学校の恩師、大河原淑子先生の息子さんで、義母が相談するとすぐに病院に駆けつけ、私の様子を診に来てくださいました。そして、先生が勤務する埼玉医科大学総合医療センターを紹介してくださったのです。

すぐに、病院の一階にある高度救命救急センターへと運ばれ、健人先生同席のもと福島先生から、夫・義父母・両親は今の状態と手術について説明を受けました。

「明日午前8時50分から手術をおこないます」

「ありがとうございます。先生どうかよろしくお願いいたします」

夫は深々と頭を下げました。そして福島先生は、骨の手術であって麻痺を治す手術ではないこと、私の麻痺の状態では日常生活は厳しくなるであろうという話を淡々と続けたそうです。


7月22日。親戚までもが駆けつけ、無事を祈るなか、5時間に及ぶ第1回目の手術が終わりました。7つの骨が連なってできている首の骨のうち2・4・5・6番目の骨が損傷していた私は、1回目の手術で5番目の骨を取り除き、人工の骨を入れました。

8月3日。前日に尿路感染による熱を38度9分まで出したものの、予定どおり2回目の手術はおこなわれました。6時間半にわたる大手術を終え、PM2：25手術室から出てきた私は、ハローベストや鼻からの管ははずされ、首には簡単なガードをしていただけだったそうです。無事に手術が終了した様子に母は心の中で、

「命は助かった!!」

と嬉しくてならなかった、と日記に綴られていました。

そして、PM3：00福島先生より夫・義父母・両親は説明を受けました。

「頸椎第2番には、スクリュー（5寸釘のようなもの）を打ち付けて固定しました。そして、第6番の骨は骨盤の骨を3センチほど削って移植し、第6番と第7番の骨をつなげま

した。呼吸器ははずしましたので、呼吸が安定してきましたら5階の一般病棟に移りたいと考えています」

手術の成功を聞き、ほっと胸をなでおろした瞬間でした。

きっといつかは手が動くばかりか、立てるようになる日がくる―そんなことをこの頃、誰もが心のどこかで信じていたようです。

私の体はどうなってるの⁉

「頭が坊主になっている！　どうして手が動かないの？　足はどこにあるの？」

2度にわたる大きな手術を終え意識がしっかりとしてきた私の頭の中は、たくさんの疑問で埋め尽くされました。

2004年8月4日。寝たきりだった体が、約2週間ぶりにベッドアップされました。そこへ、〝救命〟と刺繍された白衣を着た医師がやってきました。井口先生とおっしゃる医師です。

「あなたの足はもう動きません。これからの生活は、車椅子を使うことになります」

「…赤ちゃんを生むことはできますか？」

「それは、できます」

井口先生から残酷な告知を受けました。モルヒネを止め、やっと意識がしっかりとしてきた私は、いったい何が自分に起きたのかまったく分かりませんでした。

そして、井口先生が話を続けます。

「今日からは、生きていくために体力を取り戻していかなければなりません。寝たきりではなく、ベッドアップするようにしましょう」

「先生、私は立てますか？　立てるようになりますか？」

「立つことも歩くこともできません」

「手は？」

「ペンを持ったり、スプーンやフォークが持てるよう自助具を創ってもらいましょう」

「……」

私は言葉を失いました。そして、なにげなく、まっすぐになげだされた自分の足を見ました。久しぶりに見る私の足。

「ここにあったの？」

私は、椅子に座っているときのように足が地面についていると感じていました。

怖くなりました。そして、目を疑いました。

たった2週間ほど歩いていないだけなのに、私の足は、真っ白に痩せこけていました。

「看護師さん、これは私の足ですか？」

「そうですよ。又野さんは、意識が戻らない間も何度も『足を伸ばしてください。足を伸ばしてください』と言っていました。伸びているのだけどな、と思いながらも伸ばしてあげているふりをしていました。『伸ばしましたよ』と言うと又野さんは落ち着くので…」

現実を突きつけられたこの日から、生きるための本当の闘いが始まりました。

どこかに消えてしまいたい

現実を突きつけられた8月4日を境に、私にとっての夜は、寂しいばかりか死ばかりを見つめる暗くて深い闇の時間となりました。消灯前には毎晩、精神安定剤と睡眠導入剤を飲んでいました。少し眠り、目が開くと追加して睡眠導入剤を飲む。そして、どうにか再び眠りに入る。そして、また目が覚めてしまう。そのたびにこんなことばかりが頭の中を駆け巡りました。

「こんな体になって、どうやって生きていけばいいの？　まこちゃんには、離婚してもらうしかない。死にたい。死にたい」

医師を呼んだこともあります。

「先生！　私を殺してください」

「何を言ってるんだ！　私は自殺した人も助ける医師だよ。君が死ねば、どれだけの人が悲しむか」

（それなら、舌を噛んで死ぬしかない）

舌を噛んでみました。しかし、痛くて痛くてとても噛み切ることなんてできません。

やっと明け方眠りに入ると、すぐに朝の雰囲気に目が覚めます。そして、思うことは、

（やはり、これは夢ではない。現実なんだ）と。

胸に手を当ててみると力強い鼓動を感じました。自分が生きていることを改めて確認するひと時。

悲しみに沈む日々の中で、わずかな面会時間は入院中の唯一の楽しみでした。14時～15時と19時～20時のたった2時間。毎日来てくれた義父母や両親は気遣って、限られた時間の中でいつも最後は夫と私を二人にしてくれました。

体力的にも、その時間を一緒に過ごすことが精一杯で、何をそのときに話していたのかは覚えていません。

夫の話によると、意識が無い時は、

「まこちゃん、私から離れないでね」

と言っていたそうですが、意識が戻ってからは、

「まこちゃん、私から逃げて」

と言ったそうです。きっと私なりに、夫のこれからの人生を考えて出た言葉なのでしょう。しかし、ほんの短いその時間が私を癒し励ましてくれていたことだけは覚えています。夫は、最後にいつも手を握ってくれました。あの時の大きな手のぬくもりは、今でも忘れられません。

病室から出て行く後姿を見ながら、今日も訪れる暗く深い夜への恐怖を感じていました。この闇とともにどこかに消えてしまいたい…と。

今日を精一杯に生きる

高度救命救急センターでの昼間の生活は、体力を取り戻すための自分との闘いでした。夜になると、死ばかりを見つめていた私も、朝に飲む精神安定剤と曇りガラスから差し込む陽の光の効果があってか、

(今日がんばって生きれば、きっと明日は少しラクになる。今日を精一杯に生きよう)

と考えていました。

まず、辛かったのはベッドアップ。体を起こして座っているだけで、少しすると、まる

でマラソンをした後のように呼吸が乱れてきます。

（あと少しがんばろう。せめて、あと5分したら横にさせてもらおう…）

そして、食事の時間。2週間くらい鼻からの流動食だった私は、誤嚥を防ぐために飲み込みやすいゼリーから食事が始まりました。たった2週間、口から物を食べないだけでこんなにも噛んだり飲み込んだりする機能が落ちるものかと驚きました。果たしてどうやって飲み込むのか、飲んだものがどこを通っているのかが分からなかったのです。看護師さんが口に運んでくれ、ひとカップのゼリーを食べるのが精一杯でした。

そして、麻痺した右手は箸はもちろんスプーンやフォークすら握れませんでした。看護師さんがスプーンの柄に注射器の新しい空容器をテープで巻いて太くし、私でも握れるように創ってくれました。そのスプーンで子どもの食事のように小さく切られた食事をかき込むように食べていました。

車椅子の生活なんて受け入れられず、死ぬことしか考えられなかったはずなのに、あんなに前向きになれた高度救命救急センターでの昼間は今でも不思議です。

そして、入院期間中、体力的に一番辛かったことは痰を出すことでした。流動食などのために体に管が入っていたことで、人間の体は自然にそれを異物とみなして痰が上がってくるのだそうです。痰を出す…。それは横隔膜まで麻痺し、肺活量が極端に下がってしまっている私にとって、死ぬほどに辛かったことでした。

「エヘン　エヘン」

何をしているのかと思うくらい小さな咳ばらい。すると看護師さんが胸を押します。全体重を両腕にかけた看護師さんの額には汗が流れていました。

「又野さん、もう少しがんばって！　一緒にね。1、2、3‼」

「ゲホン！　ゲホン！」

看護師さんと力を合わせ、それを何度も繰り返しました。どうしても痰が出せないときには医療用カテーテルを鼻から入れ、体内の痰を吸い上げます。ひどいときは、この作業を4時間繰り返したほどです。呼吸ができなくなり、医師が数名、私を囲んだこともありました。あんなに死にたかったはずなのに、意識を失う瞬間は不思議と、（死にたくない！）と恐怖を感じていたことを覚えています。

家族大好きの幼少期

（去年の夏。今頃は保育園実習だったな。暑い中をひたすらに子どもたちと水遊びや砂遊び…。幼稚園教諭時代以来、久しぶりに子どもたちと思い切り遊んだな。あれから1年後に歩けなくなるなんて…。だったらもっと子どもたちと駆け回ればよかった）

5階病棟のベッドに横たわり、窓の外を眺めながらそんなことをいつも考えていました。小さい頃からおてんばで庭を駆け回っていた私。高校生、短大生にもなると家にはいられずに、いつも友だちと買い物に海に山に海外にと外出ばかりしていた私。そんな私が、たった28歳で体の自由を失うとは、誰が想像したことでしょう。

1976（昭和51）年1月22日。松澤家の長女として私は誕生しました。小学生の頃、

「お父さん、お母さん。私、亜希子なんてどこにでもいる名前じゃなくて、もっとオシャレでめずらしい名前がよかったよ」

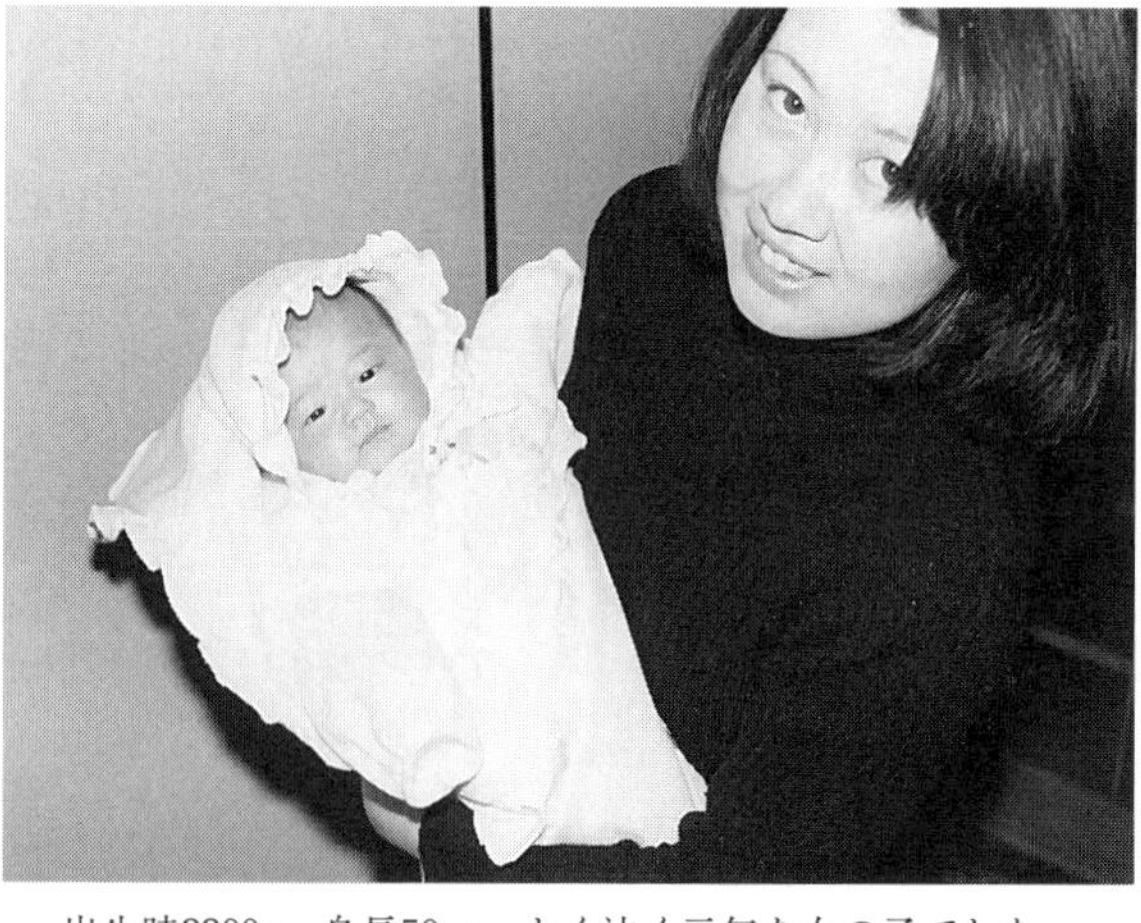

出生時3300g、身長50㎝、よく泣く元気な女の子でした。
写真は生後1か月検診。母と私（1976年2月23日）

などとふくれて言うと、

「亜希子って名前はなあ。長嶋茂雄の奥さんと同じ名前なんだぞ。亜希子夫人は美人で優秀で、そんなふうに我が子にも育って欲しいから名づけたんだ」

「お父さんが長嶋茂雄のファンだっただけじゃん」

自分が親となった今、感じますが、想いを込めて付けてくれた名前なのに失礼なことをよく両親に言ったものです。


そして、二つ離れた弟がいます。私たち兄弟二人は異性であるにもかかわらず、いつも仲良しでした。たいてい遊びを仕切るのは姉である私。

「あっこちゃん、ままごとでもいいから遊んで」

「いいよ」

弟にまでスカートを履かせて、おままごとは大盛り上がり。そんな女の子のようだった弟も今は警察官。刑事として生き生きと仕事に励んでいます。

松澤家は6人家族でした。祖父母は農業を営み、父は市役所職員、母は中学校教諭と共働きの家庭。両親働いているため、私たち兄弟は祖父母によく世話をしてもらっていました。田んぼや畑が私たちの遊び場。夕方暗くなるまで、祖父母とともによく田んぼで過ごしました。

楽しかった幼少期。普段忙しかった両親は、夏は海、冬はスキー旅行が定番で、何より私たちが楽しめることを企画してくれたものです。

友だち大好きの学生時代

家では活発だった私も幼稚園の頃は、いつも自信がなくおとなしい女の子でした。

「また、あっこちゃん泣いてるよ」

そんなふうに言われてしまうほど、私はよく泣いていました。

そんな私を変えるきっかけとなったのは、1年生の頃仲の良い友だちができたことです。その子のおかげで学校生活が急に楽しくなりました。それからは、たくさんの友だちに囲まれた生活。高学年はリーダーシップをとり、学級委員まで務めたほどです。

そして中学校。中学校ではテニス部に入部。スポーツに燃えるタイプではない私は、なんとなくかわいい雰囲気に惹かれてテニス部に入部した気がします。

そして、高校は女子高だったため、毎日が友だちとキャピキャピ楽しく過ごす日々。どんなことをしていても、友だちと過ごす時間が楽しくてたまりませんでした。

私にはたくさんの友だちがいます。かっこ、みっちゃん、くみちゃん。全員天然ボケで、幼稚園からのお付き合いです。

高校での友だちは、岩井、トモ、忍、美紀、掌子、裕美。都内に住んでいる子もいたので、こんな田舎の加須に泊まりにきたときには、

「きゃ～！　大きな虫！」

「わ～！　夜になると真っ暗！」

見るものすべてが新鮮のようで大はしゃぎでした。

一方、私も学校帰りの渋谷や新宿、都会の雰囲気が新鮮で、よく買い物に出かけたものです。

短大に入ると、佐知子、かねちゃん、美穂、佐和子。みんなが幼稚園教諭を目指し共通の目的に向かって充実した生活を送りました。一緒に歌ったり踊ったり、ピアノを弾いたり…。忙しかった学生時代もみんな、同じ目標があったからこそ頑張れたように思います。

専攻科に進むと小学校教諭を目指す仲間もいました。ナツ、山村、イク、リコ。それぞれ、目的を持って刺激し合えた貴重な2年間となりました。

そして就職後、埼玉県内の公立幼稚園の5人の同期との出会いがありました。宏美お姉さんに、洋子ちゃん、なみちゃん、さっちゃん、ゆみちゃん。仲間がいたからこそ、あの苦しい埼玉県の国公立幼稚園新任研修を乗り越えられました。

みんな今は、仕事や育児にフル回転の毎日です。

車椅子姿の私と初めて会ったとき、

「あっこが生きていてくれてよかった」

「車椅子に座っているだけで、あっこはあっこ、何も変わらないよ」

と涙を流して喜んでくれた友だち。私が車椅子生活となっても、相変わらずみんな仲良し。あの頃と関係は何も変わっていません。良き友に恵まれた私は幸せです。

夢の幼稚園教諭、そして保育士へ

私が勤務したのは埼玉県幸手市立吉田幼稚園。実家から車で40分ほど離れた田んぼに囲まれた、ほのぼのとした幼稚園でした。採用試験では公立の幼稚園しか考えていなかった私。なぜならば、今、小学校長を務めるまでになった母のように幼稚園教諭を生涯にわたって自分の生きがいとなる職業にしたかったからです。もちろん私立の幼稚園でもそれは叶う可能性はあります。しかし、公務員としての立場である公立の幼稚園教諭のほうが、福利厚生がしっかりしているので生涯の仕事として続けられるのではないかと思ったからです。

しかし、当時の社会は厳しい不況の時代。公務員を希望する学生が多く、かなりの狭き門でした。ましてや幼稚園教諭となると、この少子化の時代に採用は少人数でした。18倍もの高い倍率をくぐり抜け、合格通知が届いたときにはとびあがって喜びました。

「お母さん！　お母さん！　幸手市の採用試験合格したよ！」

「まあ！　ほんと!!　よかったじゃない。これからは、先生としてがんばりなさいね」

二人で興奮して手を取り合ったことが忘れられません。

仕事は想像していたよりはるかにハードで、肉体的には重労働でした。また、精神的にも大変です。怪我のないよう安全には十分気をつけ、保護者の方々との信頼関係づくりにも努める…。

幼稚園での初めての担任。戸惑いの連続でしたが、
子どもたちの笑顔に励まされる毎日でした

家に帰った私はぐったりと疲れきっていました。

そして、通勤距離の問題から、結婚を機に退職を決めた私は、幼児教育への思いを捨てきれず保育士資格を取得するために主婦という立場ですが、短大へと入学しました。さらなる自分の可能性や道を広げたかったからです。

資格取得後は群馬県邑楽町立中央保育園に勤務しました。幼稚園とはまた違う雰囲気に、保育士としてのやりがいを感じていました。幼児教育で、子どもたちが学ぶことは、人間が生きていくために最も素朴で大切なことであると、仕事をしながら痛感しました。そして、子どもたちに気づかされ、教えられることがたくさんありました。物の大切さ、譲り合うことの大切さ、力を合わせることの喜び、友だちの存在の大きさ…などなど。

私は、あの子たちの輝く瞳と笑顔を忘れることができません。そして、先生としてあの子たちにかかわることのできたことを今、誇りに思っています。

出会い・結婚

急に彼から告白されました。それは横浜の港の見える丘公園で夜景を見ながらでした。

「あっこちゃん、俺と付き合ってくれる?」

「え？……」

彼が好意を持ってくれていることはなんとなく分かっていました。気づくと、私にとっても彼は特別を感じさせる存在になっていました。

私と彼が出会ったのは１９９９年夏。懐かしい中学校の同級生の集まりに、今となるとキューピットともなる光輝くんの高校の友だちということで彼が誘われてやってきました。

結婚式を目前に控えた頃の私です。
身長165cm と高い方でした（02年４月）

その後も共通の友だちの結婚式二次会で偶然会い、そんな偶然が重なり、二人の関係は近づいていきました。

ふと思い出すと恋愛に対し積極的なタイプではなく、むしろ慎重な私が、彼からの告白には深く悩むことなく数日後には告白への返事を出すことができたことに、縁を感じています。

プロポーズらしいプロポーズもないままに、気づくと二人の間では結婚が決まっていました。急にある日、彼が言ってくれた言葉が印象的です。

「俺、プロポーズらしいこと言ってないから一言いわせて。絶対に幸せにする。結婚して後悔はさせないから」

「ありがとう。私こそよろしくお願いします」

2001年4月。彼は私の両親に挨拶をしてくれました。十六畳の和室に両親と私たちが向かい合い、出された桜茶が彼の緊張を高めたようです。

「亜希子さんと結婚させてください」

「…どうぞ。こんな娘でよかったら。よろしくお願いします」

父がそう返事をすると母は微笑んで涙をこぼしました。そんな母を見て私まで涙が溢れました。私は、こんな両親の元に産まれて幸せだと感じています。私をどんな時でも信頼してくれている両親。

「お母さんは亜希子を信じているから」

と母はよく言ったものです。学生の頃から細かいことは言わずに私の言動を信じ続けてくれていました。そして結婚も。

「亜希子が選んだ人ならば…」

彼にも絶大なる信頼を寄せ、結婚を認めてくれました。両親の大きな愛に包まれて、私も幸せになることを決意した日となりました。

こんな人生じゃ、イヤ!

事故の約1か月後の8月13日に1階の高度救命救急センターから5階の一般病棟に移りました。夫と母は交代で病室に泊まってくれていました。

夜には看護師さんが褥瘡(床ずれ)を防ぐために、2時間おきに体交に来てくれました。「体交」とは、簡単に言うと寝返りのことです。今まで無意識のうちにやっていた寝返りが、胸から下が動かない私にはできなくなってしまったのです。

そして、体交の後が夫の出番です。体位を変えると装具が微妙な位置で頭に当たり、あまりの痛さで我慢ができなくなります。

「痛いよう」

小さな声で私がつぶやくだけで説明をしなくても夫はどこが痛いかが分かるまでになり、装具と頭が接触するところにハンカチをはさんでくれていました。

そして、母は食事の介助です。首の骨の付きが悪いので日常生活は上を向いた姿勢でいるように、との話が医師からあり、食事も上を向きながら食べました。ただでさえ飲み込む機能が衰えてしまっていた私にとっては厳しい課題でした。上を向いている状態ですので自分で食べることができず、まるで赤ちゃんに戻ったかのように、ドロドロとしたペースト状の食事を母がスプーンで私の口へと運んでくれたのです。

入院中、私は母によく甘えていました。生きていこうと決意したはずなのに、二人きりになると心の中の苛立ちや悲しみを全て母にぶつけていました。

「お母さん。目が覚めると、やっぱり私の体は動かない。私は生きているんだ…と辛くなるの。死にたいの。でも足が動かない。だから死ぬことができないの。飛び降りることもできない。死ぬことも自分でできないなんて。でもね。車椅子に自由に乗れるようになったら、どこにでも行ける。死ぬことができるって気づいたの」

「……」

母は溢れる涙を目一杯に溜めて立ち尽くしていました。私は親不孝者です。自分が親となった今だからこそ、そう思えます。

そのときの私は、自分がこうして生きていること自体が周囲に迷惑をかけている。私なんて死んでしまえばよかったのに…と感じていました。歩くことはもちろん、食事に排泄、着替え、何ひとつ人の手を借りないとできない自分の存在。私に生きていく意味があるのか、私の命に価値があるのかを考えては、

「こんな人生じゃ、イヤ！　私の人生を返して！」

と涙を流していました。

しかし、毎日浮いたり沈んだりしながらも、一般病棟に移ってからは、やはり家族が近くにいることで気持ちは確実に安定していきました。

2章

7か月間のリハビリ

転院、生き直しのはじまり

２００４年９月29日。国立身体障害者リハビリテーションセンター病院（現・国立障害者リハビリテーションセンター病院）へと転院の日です。いよいよ、車椅子で生きていくためにリハビリをしなければならない時期がやってきました。

やっと、頭全体から肩にかけて覆う大掛かりなミネルバという首の装具がはずされ、むち打ちの方がするような簡単なポリネックという装具になった私は、看護師さんにトレーニングウエアに着替えさせてもらいました。その脇で、母と夫は新しい病院生活に向けて荷物をまとめています。

ふと見ると、学校に通う子どものように、服や下着一枚一枚に、母の字で大きく「又野」と名前が書いてあります。母はどんな思いで大人になった私の持ち物に名前を書いたことでしょう…。

母の日記より◆２００４年９月29日（水）

早朝よりしくしく泣く亜希子…。私が救急車に乗って国リハへ。救急車の中では観念したようにじっと目を閉じ目尻にうっすらと涙を浮かべ仰向けの亜希子の姿に、なぜ亜希子が…と、またどうどう巡り。私がしっかりせねばならないのに…。

慣れない場と慣れない人。これから環境が変わろうとする中で固く閉ざした無表情の亜希子。声をかければすぐに涙ぐむ亜希子…。

病院に着くと担当の看護師の弦間さんが、食堂でオリエンテーションをしてくれました。入院中、弦間さんは私を障害者としてではなく一人の人間としてまっすぐに向き合ってくれた方です。しかし、その時の私は、リハビリをしてまで車椅子という姿で生きていく現実から逃げ出したい気持ちで、弦間さんの真剣な話をうわの空で聞いていました。リハビリをいくらしたからといって歩けるようになるわけではない…。元の自分に戻れるわけではない…。そんな無気力な私だったのです。

リハビリといっても、動かなくなった部位を動かすようにすることではありません。動かなくなった部位をいかに動く部位で補って生活するかということです。それは、今まで何気なくしてきたことすべてを、リハビリによって習得しなければならないということでした。

車椅子への乗り移り、車椅子の操作、着替え、排泄、入浴…。生まれた赤ちゃんが成長と共に自立へと向かうように、私は生まれ変わった新しい体で、ひとつひとつを習得し、自立へと向かわなければなりません。やっとここまできたのに…、ゼロからのスタート…。精神的にも肉体的にも壮絶な日々の始まりです。

その頃の私は、すっかり子どもに戻ったかのように、新しい環境、新しい経験、新しい出会いに戸惑いの連続でした。

父とのメール

✉ 父へのメール◆2004年10月1日(金)

国リハに来て3日目。今朝は朝日がまぶしく暑いほどです。ここに来たら私より重度の人、軽度の人、みんな生きるために頑張ってる。私はまだほとんど寝たきりだけど、みんな朝から車椅子に自分で乗り降りして生活しているの。初めてのひとりでの生活は寂しくて辛くて苦しいけれど、生きていくためにがんばるよ。

✉ 父からのメール

ありがとう。メール打てましたね。来週からリハビリが始まると聞きました。
でも、ベッド上でできるいつもの運動は続けましょう。

🖂 父からのメール◆2004年10月7日（木）

一人で寂しいだろうが、みんなの愛情を励みにリハ少しずつ努力しましょう。
リラックスして気長にファイト・ファイト！

🖂 父へのメール

毎日がヘトヘト。貧血起こして気持悪くなる時もあるし。リハビリも辛い。涙が出そうになってもまこちゃんやお父さん、お母さんを思い出して歯をくいしばって頑張ってる。リハの後、まこちゃんの顔をみると涙が溢れちゃう。生きるって苦しい。でもみんな必死で生きている。私も生きなきゃ。朝、目が覚めると動かない体が悲しくて、歩きたい、立ちあがりたい、無理なことばかり考えて心が乱れちゃう。お父さんからのメールうれしいよ。離れててもそばにいる感じがして。ありがとね。

入院中、毎日のように父とメールをしていました。夕飯の様子など生活感溢れる父のメールに、家の様子を思い浮かべてほっとしたり、温かい励ましの詰まったメールに勇気づけられたりしていました。私も、その日に感じたこと、嬉しかったこと、悲しかったこと、苦しかったこと…あらゆることを気兼ねなく吐き出すことができたことで、苦しいリハビリ生活へのストレス解消ができていたように思います。

笑顔見せなきゃ

母の日記◆2004年10月31日（日）

国リハの回りを、まこちゃんと亜希子と3人で散歩。事故以来初めて「今日は楽しかった」と言った。この子はきっと生きていくことに不安もあるだろうけど、自信を持ち始めてきたよ。そう思いました。そう信じたい。まこちゃん、あなたの力よ。

母の日記のとおり、入院して1か月が過ぎ、絶望の淵にいた私も少しだけ前を見られるようになってきました。

そんなとき、久しぶりの顔ぶれが病院に集まりました。それまでの入院生活では、主に夫と義父母、両親にだけ心を開いて会っていた私。普通に生活している人に会うことで、（私だけどうしてこんなことに…）と、生きるために奮い立たせている心が音を立てて崩れ落ちそうで怖く、会えませんでした。

しかし、いざみんなが来てくれるとなると、これも心のリハビリ！　と気が張って、笑顔を心がけたものです。

亜希子の日記◆2004年11月14日（日）

今日は、お義母さん・重川家（義姉家族）と弟夫婦が来てくれた。笑顔で明るく！　と気を張っていたが、わりと自然に笑顔が出たし、心から楽しかった。でも、やはり私の人生はこの体で生きていくのだと思うと何とも言いようのない気持ち。お腹の大きくなってきたのりちゃん（義妹）が正直うらやましい。私、本当に妊娠できるのかな。胎動!?　もしも、妊娠できたら感じる事ができるのかな。陣痛は経験できない…。なんだか女性なのに悲しいな。悲しんでなんていられない。こんなにまこちゃんは私を受け止め、支えてくれているんだもん。前に向かって生きていこう。

何気ない日常を生きているみんなをうらやましく感じました。辺りを走り回る3人の子どもたちに幸せそうに微笑む、おもさん（義兄）とお義姉さん。特に4月に出産を控え、大きくなってきたお腹の義妹のりちゃんの姿は私にとって羨ましい存在そのものでした。それは、私が事故に遭遇したのが結婚して2年。ちょうど赤ちゃんを望んでいたときだったからです。

初めての妊娠に喜び溢れているにもかかわらず、義姉の事故…。複雑な心境であろうに姑である母に対して「あっこちゃんのおかげで視野が広がりました」と言ってくれたのりちゃんに母は申し訳なさそうにしていました。一方私は、今でこそ、そのときののりちゃんの気持ちを思うと申し訳なさが溢れます。のりちゃんには大切な時に余計な気遣いをたくさんさせてしまったのですから…。しかし、そのときは、大きくなっていくのりちゃんのお腹を見ることが楽しみであり、正直、自分の現実と比較してしまう辛さでもありました。

亜希子の日記◆2004年12月4日（土）

お母さんは水天宮に行ったみたい。のりちゃんの戌の日のためのお参り。お腹の子は女の子だって。いいなあ。羨ましい。私も大きくなったお腹をお父さん、お母さんに見せたかった。でも、神様は松澤家（私の実家）に悲しみだけでなく、喜びもくれた。

私も元気にならなきゃ。私だって赤ちゃん産めるんだもんね。神様、私に赤ちゃんを授けてください。

障害を負って生きていく自信さえなかった私は、肉体的にも精神的にも自分が親となる自信は全くありませんでした。しかし、苦しいリハビリ生活の中でも常に（いつかは私もお母さんになりたい）と願っていました。

私の体がかわいそう

亜希子の日記◆2005年2月25日（金）

今日は、初めて一人でお風呂に入った。といっても、最初なので弦間さん（担当看護師さん）の付き添いがあったけれど。自分の裸を見てショックだった。足はくにゃくにゃ。事故の前はこの足で立っていたなんて…。手も上手く使えず、頭を洗うにも満足に力が入らない。バランスがとれないから恐ろしい。そして、お尻をずって、手で移動。とてもお風呂でリラックスなんてできない。私が安らげる場所はいったいどこなんだろう。

この体になってみて、経験することはすべて衝撃的でした。歩くこと（車椅子をこぐこと）、排泄、入浴、着替え、夜に寝ることまで…。今まで何気なくしてきたことすべてに、大変な労力と時間がかかるのです。その中でも、入浴はショックでした。

リハビリが進むまでは、週に1度だけ看護師さんがまるでボートのようなストレッチャーに私を乗せてシャワー室で洗ってくれました。私は寝たきりで、すべて看護師さんが洗ってくれますのでラクですが、28歳という若さで入浴を全介助してもらっている状態がイヤでたまりませんでした。

また、入浴中、衝撃的だったことがあります。それは麻痺している胸から下はお湯につかっても、温かい感覚もさっぱりした感覚もいっさいなかったことです。これが麻痺していることかと、愕然としました。

そして、自分で入れるまでにリハビリが進むと、一日おきに一人で自由な時間に入れるようになります。その日が来たことが嬉しくてなりませんでした。今思うと、自分が入浴する姿を看護師さんが見守りながら指導してくれるのは不思議な光景です。

しかしその時の私は、腕の力だけで動かない体をずって移動し、バランスをとりながら洗うことに必死でした。むしろ、大好きだった入浴も、看護師さんの見守りがなければ怖いくらいでした。必死だった私は、病室に帰り、涙が溢れました。

（私の体がかわいそう。大きな病気や怪我もなく大切に育ててもらえたのに、足はくにゃくにゃ。お尻はひたすら移動に使われる。本当にかわいそう。お父さん、お母さんごめんね）

実は、あまりにも残酷なことを、何度か考えたことがありました。

（どうせ歩けないいんだから、邪魔になる重たいこの足、切ってしまえばいいのに）

やけになってリハビリに取り組んでいたときに思い浮かんだことです。

しかし、自分で入浴し、動かなくなってしまった体を改めて見た私は、自分の体がいとおしく思えるようになりました。動かないけれど、しっかり存在してくれているこの足。麻痺しているけれど、精一杯残された機能で働いてくれているこの手。

ありがとう。そして、これからもどうぞよろしく。この体をいたわり、大切に生きていきます、と…。

生まれ変われるなら

亜希子の日記◆2004年11月15日（月）

はあ。生まれ変わりたい。お父さんとお母さんの子に…。そして、もう一度まこちゃんと出会いたい。

浮いたり沈んだりの毎日でした。前向きになったかと思うと、生きていく自信を失ったり…。そして、気持ちが沈んでいる時はいつも生まれ変わりたいと考えていました。特に、若くして妻が障害者になってしまった夫を思うと、もう一度生まれ変わりたくて仕方ありませんでした。

入院中、誰よりも私に身も心も寄り添い、支え続けてくれたのは夫です。ハローベスト装着のとき、私の髪がそぎおとされ、頭蓋骨にドリルで穴が開けられるその瞬間、廊下でずっと祈るようにうずくまり、その痛みを共有してくれていたのも夫。転院のとき、救急車でずっと私の手を握ってくれていたのも夫。忙しいにもかかわらず、時間を作って来てくれる夫に申し訳なく、

「もう大丈夫だよ。無理しないで」

と告げると、

「来ないほうが辛い」

と頻繁に足を運んでは、多くを語るわけでもなく、そっと私のとなりに座って、私の嘆きを聞いてくれました。そして、

「この辛さに増すいいことが、きっとあるよ」と…。

夫の深く温かな愛情に包まれ、私の心情も変わっていったことが、日記からもわかります。

亜希子の日記◆2004年11月20日（土）

私はまこちゃんと生きたい。そのためにがんばるんだ。

2004年11月27日（土）

まこちゃんのためにも早く元気で明るい自分になりたい。

2005年2月18日（金）

（作業療法のリハビリで味噌汁が作れ、うれしく…）

早くまこちゃんのために何かしてあげたい。今はそれが楽しみ。

生まれ変わることを望んでいた私は、気づくと夫と生きる決意をして、夢中でリハビリに取り組んでいました。そして、父には、

父へのメール ◆2004年12月4日（土）

私は赤ちゃんが産めない体じゃないもんね。その日を楽しみにしていてね。その日が来るまで、まこちゃんに支えてもらいながら自分の体づくりをします。

と明るい未来を想像したメールを送るまでになっていました。

人間って、すごい

亜希子の日記 ◆2004年11月13日（土）

今日は私ではなく、人間ってすごいって感じた。だって、毎日苦しくて辛くて泣いているけれど、一日一日の積み重ねが確実に身についてきている。プッシュアップ、足の上げ下げ、靴の脱ぎ履き、スロープも今日は上まで上れた。きっと、どうにか生きていかれるんだ…。でも、やっぱり手は思うように動いてくれないな。頑張ってくれているのにごめんね。

亜希子の日記 ◆2005年2月18日（金）

本当にこの体になってすること、見ること、すべてが緊張と不安。少しでも環境が違うと戸惑う。これにも慣れていくんだろうな。泣きながら、一歩一歩前進していくんだ。（注・東京女子医大で気管切開跡をきれいにするための手術をして、リハビリをしている病院に戻った）

OT（作業療法）で料理ができたことは、嬉しかった。お味噌汁、ほうれん草をゆでる、次はカレー。この不自由な手にも慣れてきて、不自由さを感じなくなってくる。これが私の体。少しずつ順応してきている。ある程度のことは、きっと何でもできるようになるんだよ。

いつもメソメソしていた情けない私の中にも、人間としての力強さを感じられたとき、希望の光が差しました。たとえ、障害者であっても同じ人間。きっと、私もどうにか生きていけるのではないだろうか…と。

リハ友との夜

夫と母が付き添っていてくれた入院生活から急に一人の入院生活となり、不安いっぱいの転院だったにもかかわらず、国立身体障害者リハビリテーションセンター病院へと転院した夜、私は意外にもリラックスして眠りへと入ることができました。

それは、同じように障害を抱えリハビリに励む仲間がたくさん入院していたからです。(私だけがつらいわけじゃない。ここにいる誰もがつらいんだ。一人じゃない)

どんなに苦しいときも悲しいときも、リハ友(リハビリ友だち)がいたから乗り越えられました。障害を負ってしまった者しか分からない苦しみや悲しみを共有し、ひとつひとつ一緒に乗り越えてきた仲間は、生きていくための戦友です。

病院で過ごす一日は、午前中はスポーツ、午後は理学療法(PT)に作業療法(OT)。リハビリが後半に差し掛かると自動車訓練そして入浴が加わりました。その他、車椅子をこいだり、排泄をすること…。つまり、朝から晩まで生活全般が私たちにとってのリハビリの場というわけです。

一日が終わりヘトヘトの私たちにとって、夕食が終わった6時半から消灯9時までが唯一心休まるひと時でした。

自分で車椅子からベッドへの乗り移りができるまでは、看護師さんに夕方4時にはベッドに乗せてもらい夕食もベッドで食べますが、乗り移りができるようになると、夕フリー(夕方フリー)になります。夕フリーとは、食事は食堂で済ませ、消灯までにベッドに上がればよい。つまり、消灯までは自由に過ごしてよいということです。

入院当初は、この日を心待ちにしていた自分がいます。

（夜自由に動けるようになったら、みんなの目を盗んで外に出てどこかで死にたい）

そんなことを考えていた頃もあります。その頃からすれば、こんなにも前向きな気持ちで夕フリーという日を迎えることができるなど、想像すらできませんでした。

はじめのうちは、長時間車椅子に座っていることに慣れていなかったので、体力的につらく感じていました。

（車椅子に慣れるよう、少しでも頑張って座ってなきゃ）

しかし、いつの間にかベッドに上がる時間は遅くなり、むしろ誰もが慌ててベッドに戻るような様子になってきました。それは、みんなでワイワイと過ごす夜が楽しくなってきたからです。抱えている不安も悲しみも、すべてを忘れて気持ちが一つになりました。

同じ女性病室の仲間に加え、大学生の男の子たちに、お子さん3人のパパ、違う病棟からも同世代の女の子がやってきたり…。全員車椅子のため、部屋はいっぱい。大きな笑い声は廊下まで響き渡りました。

そんなある晩、〝どこかで死にたい〟と思っていた自分が恥ずかしくて仕方なくなりました。それは、恋愛も就職も結婚も何一つ手に入れていないまま障害を負ってしまった高校生や大学生のたくましさに触れたからです。

その笑顔の裏にはきっと、先行きの不安に崩れ落ちそうになる時もたくさんあるはずです。しかし、彼たち彼女たちはいつも前向きで、ただただ高校、大学への復学や進学を夢見てリハビリに取り組んでいることに気がつきました。

（私、甘えすぎている…）

リハ友と過ごす夜は楽しいばかりか、自分の甘い考え方を反省し、明日からのリハビリにさらなる意欲を与えてくれる貴重な時間となったものです。

グラウンドで号泣

亜希子の日記◆2004年11月16日（火）

今日は午前中グラウンドを4周した。1周目は声を上げて泣きながら…。だって、部屋では泣けないもん。

ばあちゃんにも、初めて電話した。「ばあちゃんが亜希子の面倒をみてやるから。長生きするから」って…。悲しいよ。小さい時にお世話してもらった分、今度は私がお世話したかったのに。元気な声を出すのが精一杯だった。

亜希子の日記◆2004年11月18日（木）

今日の午前中はとてもだるかった。曇り空が悲しい気持ちをますます悲しくさせる。グラウンドに出て一周。涙が自然と湧いてくる。

尾久のおばちゃん（私を孫のように可愛がってくれる祖母の姉）へ電話した。「亜希子の声が聞けて嬉しい。今の状況を教えて」って。教えられないよ。ただ、まこちゃんが頻繁に病院へと来てくれていること、妊娠はできることを伝えた。寂しい思いをしていないかが一番の気がかりだったようで、「愛があるならよかった。泣かないで、亜希子。でも、少しくらい泣いてもいいわね。お肌に悪くない程度にね。退院する来年まで会うのはお預けかしら」だって。

前島さん（同じ病室の方）も今日は泣いていた。みんなみんな泣きたいよ。

日々のリハビリはハードで、泣いている余裕はありませんでした。そして、常に人がいる病室では泣きたくても泣くことはできません。そんな時はトレーニングを兼ねて、広大な敷地を持つこの病院のグラウンドに出ては声をあげて泣いたものです。

思い切り泣いていると、ふと幼い頃の心情に戻り、いつも私を可愛がってくれた祖母の声が聞きたくなりました。心に蓄積された悲しみは涙となって流れ落ち、病室に戻る頃には気持ちがスッキリとしていました。そして、また新鮮な気持ちでリハビリへと臨むのでした。

28歳にして失禁

頸髄を損傷したことによって、歩けなくなるばかりではありませんでした。汗をかくことができなくなってしまったので体温調節ができなかったり、痙性（けいせい）といって自分の意思と関係なく、体が動いたり、麻痺した体は常に褥瘡（じょくそう）つまり、床ずれに気をつけなければなりません。また、麻痺した部分の強烈な痛みに近いしびれとは眠っている時間以外は付き合わなければなりません。

歩けない、手が思うように動かない、汗をかけない…。それより何よりつらかったことは、自力で排泄をすることができなくなってしまったこと、つまり膀胱直腸障害を抱えてしまったことです。排泄に使う筋肉が麻痺し、頸髄が損傷していることで尿意や便意を脳で感じる事ができなくなってしまったのです。

そのため、尿は導尿といってカテーテルを使い3～4時間おきに排泄しています。そして、便も排便日を一日おきと決め、下剤や座薬を使ってコントロールしています。リハビリにより、その方法を習得しました。

📖亜希子の日記◆2004年11月29日（月）

今日から排便指導。終わるまでに1時間半〜2時間かかる。（仕事していたら子どもたちと外遊びを楽しんでいる午前中。私、何やっているんだろう…）とむなしくなった。しかし、嬉しかった。自分で排便ができるのだもの。少し前向きになっているような気がする。

あの時のむなしい排便時間も、今となっては自分の時間として、ゆとりの時間と感じられるようになりました。自然と生活の一部となってきたようです。

📖亜希子の日記◆2004年12月10日（金）

今日から導尿が始まった。昨日、その方法をビデオで観せられた。かなり衝撃的で途中までしか観られなかった。自分でするのはもっと衝撃的。今まで無意識にしていたことがすべて、自己管理。看護師さんに少し手助けしてもらったのに、30分はかかる。非現実的、非人間的な行為。

今でこそ多少面倒ですが、やり方にも慣れ、短い時間でできるようになりました。それまでの私は、精神的にかなりまいっていました。そして、それ以上にショックなことが起こりました。それは、失禁です。

一日のリハビリが終わり、ベッドに上がろうとしたときに気がつきました。

（あれ？　何だろう？　濡れている…。もしかして！）

急いで看護師さんを呼びました。やはり尿失禁。麻痺している私の体は、尿が出た感覚も、濡れて気持ち悪い感覚もわかりません。この失禁を防ぐためにも、3～4時間おきくらいに導尿しなければならないのです。ショックでした。28歳にもなった自分がおもらしするとは…。今まで先生という立場で、子どもたちのおもらしなどの始末をしてきたのに…。こんなことがあるのでは、退院してから友だちと外出もできない。何とも言えないむなしさと悲しみが襲いました。

退院後は尿意が分かるようになりました。分かるようになったといっても、それは代償尿意というものです。尿が溜まると、ゾクゾクしたり鳥肌がたったりというもので、今まであった尿意の代わりの感覚を感じるようになったのです。我慢ができないので、代償尿意を感じてからトイレに行っても間に合わないこともありますが、失禁もだいぶ防げるようになってきました。

しかし、私たち脊髄損傷者にとって、この排泄の問題は日常生活を送るうえで大変大きな問題です。

生きていることが罪

少しずつ前向きに考えられるようになり、笑顔の増えてきた私も退院が2005年4月10日に決まり、いよいよ、障害を負って社会に出なければならない戸惑いから気持ちが不安定になってきました。

その時の悲しみ、苦しみを吐くように綴った日記があります。頑張らなくちゃ!!の毎日からふと張り詰めていたものが切れました。そして、ふたをしていた自分の辛さを日記にぶつけると、自分の情けなさを冷静に感じ取れました。そして、再び前向きな気持ちになれたものです。

亜希子の日記◆2005年3月22日（火）

久しぶりに書く日記。日記を書くことがしばらく辛かった。みんなで夜ふざけあって気持ちを紛らわしているのに、ベッドに入り自分の気持ちを文章にすることで、また辛さがにじみ出てきてしまう気がして。

私は、本当にまこちゃんに愛されている。どうして？　どうして？　こんな私を？…。それなのに私は最近再びマイナス思考に。こんなに迷惑をかけていても、私には生きる価値がある？　私は人に与えられてばかりで、何も返すことができない。生きていることが罪。死んでみんなにお詫びがしたい。

あんなに楽しかった日々なのに今は辛いことばかりの毎日。一日に何分、何秒、心から笑っている？　痛い、辛い、悲しい、不安、苦しい…。こんな半殺し状態、死んだほうが楽。私の人生はこんなはずじゃなかった。

歳をとっても元気に仕事をしたり、遊びに行ったりしたい。でも、この体では家の中に一人？　今の時代は、脊髄損傷者も健常者も寿命が変わらなくなったと看護師さんに聞いた。全く嬉しくない。そんなの私にとっては酷。短くていいから素敵な人生を。

子どもが欲しい。でも、母親になることが怖い。私は普通の奥さんと違うから、まこちゃんにしてあげられないことがたくさん。ひとつひとつが試練。生きるって、我慢、努力、それのみ⁉

そして、今日は泣いて母に電話した。厳しい口調で怒られてしまった。確かに。仕方ない。私は甘えすぎている。一生懸命に又野家やまこちゃんが支えてくれ、自分の親には「死んでお詫びがしたい」なんて。私は辛い。しかし、もしかしたらそれ以上に周りのほうが辛いのかもしれない。

何か私にしかできない恩返しをしなくては。輝く人生をまこちゃんにも生きてほしい。こんな泣いてばかりの私と歩む日陰の人生よりも、さんさんと太陽の光を浴びて歩む人生を。

失ったものは仕方ない。できることを探していこう。せっかくこの体になったのだもの…。私にしか見えないものがたくさんたくさんある。それをみんなに伝えたい。私は幸せ。体の自由を失っても幸せなのだ。

離婚…

「まこちゃんと生きるために!」

それを目標に必死にリハビリへと取り組んでいた私。できることも増えてきて、夫と過ごす生活に期待を持ち始めるようになりました。しかし、その気持ちが一変し、離婚が頭をよぎるようになってしまったのです。

それは、初めて外泊をしたことがきっかけでした。しかも、自分が以前住んでいた家への外泊です。看護師さんは言いました。

「年末年始は、自分の家に外泊することを勧めているの。以前の環境で車椅子で生活してみることで不便さを感じ、リフォームに役立つことがきっとあるから」

私は迷いました。

「病院以外のところで生活する自信もなく、何気なく生活していた場を訪れることは歩けなくなってしまった自分にとって、辛く悲しいに決まっている！」と思ったからです。しかし、現実から逃げてばかりいられません。暮れの12月29日から1月2日までを自分の家で過ごしました。

（これが健常者の世界か…）

と現実をたたきつけられたような思いでした。病院で車椅子を走らせ、身の回りのことができていた私も、今まで生活していた家では全く思うようには動けません。2階にはもちろん行けませんし、洗面所やお風呂場へも車椅子となると狭くて入っていけないのです。結局は、この日のためにレンタルした電動ベッドをリビングに置き、そのまわりをチョロチョロ車椅子をこぐだけで、他の身の回りのことはすべて夫がしてくれました。

そんな数日を過ごし、環境が整った病院へと帰ると、我が家に戻ったかのようにほっとしました。そして、離婚を考え始めました。

今回の外泊で、まこちゃんが私のことを心も体も必死になって支えてくれていることが改めてよく分かった。本当にありがたい。でも、申し訳なさすぎてまこちゃんのやさしさに気持ちが引いてしまう。壁をつくってしまう。私はまこちゃんの妻として失格ではないか…。私は自分の体だから背負って生きていくしかないけれど、いくら私が自立しようとも、まこちゃんにこの体を生涯背負わせるのは申し訳ない。子どももいるわけではないし…。離婚をすべきなのではないだろうか。


次の日、私は夫に自分の気持ちを伝えました。リハビリが終わり、誰もいない廊下の片隅で…。暗く重い空気が流れました。椅子に夫は座り、私が話を切り出して間もなく、

「そういう話なら聞きたくない。もういいよ」

と不機嫌そうに席を立ってしまったのです。

「ちょっと待ってよ。最後まで聞いて。よく話し合いたいの」

しかし、その日はほとんど話をしないまま終わりました。話を聞いてもらうことはできそうもないので、その夜、泣きながら手紙を書きました。後日渡すと受け取ってくれたものの、数日しても返事はありません。

「手紙読んでくれたの？」

「ああ…。ショックだったよ、離婚だなんて。心配するなよ、大丈夫だから」

「……」

私はずるいのかもしれないと思いました。弱さのあまり、こうして夫を確かめている。これまで離婚という言葉は出さないまでも、何度も何度も本当にこんな身体の私で平気なのかを夫にさりげなく確かめてきたように思います。夫の言動を見ればそんなことはわかりきっているのに…。夫と生活していくこれからが怖くてならなかったのです。しかし、夫がショックを受けている様子を目の前にして、

（「一緒に生きたい」といってくれている人がいる。私も精一杯がんばる！）

また生きる勇気と希望が湧いたのです。

縁あって私たちの娘になったのだから

最初に搬送された病院で、生命の危機にさらされている状態の私。そんな私の姿を前に、威厳溢れる義父は、

「俺は親が死んでも泣かなかったのに、嫁さんに怪我をされて泣いたよ」

「自慢の嫁さんだよ」

と涙を流し、とにかく私を生かすことに必死になってくれていました。

そして、義母は、

「どんなになっても命がありさえすればいつかは光が出る。あっこちゃんはそういう子だよ。死んでしまえば燃やされて灰になってしまうだけ。命があればきっとあの子は光が出る…」

いつでも、プラス思考の義母はこんなときにも生死をさまよう私の可能性を信じていてくれていました。また、私が麻痺した手で入院中義父母にハガキを送ると、義母は嬉しさいっぱいに社員みんなに見せて回ったということです。こんな体になってしまった嫁である私を恥じるどころか、自慢してくれていた義母。

「あっこちゃんが肩身の狭い思いをしないよう、なにか生きがいをみつけてやりたい」とまで言ってくれていたようです。こんな温かな愛情溢れる義父母が大好きです。

また、義父母は入院中の私とコミュニケーションをとるためにメールの送信を覚えてくれました。そんな義父が、覚えたてのメールを送ってくれました。初めて外泊し、たたきつけられた現実に私が落ち込んでいたからです。

✉義父からのメール◆2005年1月3日（月）

あっこちゃんはどんなことがあろうとも、最高の又野家の嫁ですからあまり気を遣わないように。縁あってあなたは又野家の娘になったのだから、何の心配もいりません。おまえさんの言うとおり、人はみんなこの世に生かされているのだから、お互いこの人生を精一杯生きよう。早く、あっこちゃんの心からの笑顔を見せてください。

🖂 義父からのメール◆1月5日（水）

二人に結婚式に言いました。人という字はお互い支えあい、初めて人になります。それが結婚であり夫婦と思います。片方に何かある時は支えあうのは当たり前のことです。夫婦には人生最大の試練の時です。そういうときには甘えるのも夫婦です。理にはあっこちゃんが必要なのだから、親としてよろしく頼む。俺はいつも明日を見ます。二人のやるべき人生はまだまだこれからです。悪いことより、前向きに人生を生きよう。

障害者となった嫁に、息子をよろしく頼むと言える義父。生きがいをみつけてあげたいと言ってくれる義母。こんな体になっても嫁である私を信じ、大切に思ってくれている二人。命さえあれば…、という言葉は、私にはこのうえないはげましでした。

週末の社会見学

「まこちゃん、日曜日どこ行く？」

「どこでもいいよ」

「じゃあ、買い物に行こうよ。パルコに」

「いいよ」


入院中、気づくとこんな会話をするようになっていました。もともと外出が好きな私は、かつての自分に戻ったかのように外出を楽しめるようになりました。しかも、すっぴん、リハビリ姿のスウェットで。

そのときの私は、髪が伸びてきた坊主頭と吹き出物だらけになってしまった自分の顔を鏡で見ることがイヤで仕方ありませんでした。夫が「化粧でもしてみたら。気分が変わるよ」と持ってきてくれた化粧箱すら開けることができなかったほどです。なぜ、あんな姿で外出ができたのか今となると信じられません。以前の私はお化粧も洋服も人一倍気にする普通の女性でした。しかし、その頃の私は、自分の身なりを整える余裕がなく、現実の自分から逃げていたように思います。

たかが外出ですが、ここまで来るにはたいへんな道のりでした。埼玉医科大学総合医療センターに入院していた頃は、テレビを観られなかったばかりか窓の外すら観られなかった私。自分だけが変わり、世の中は何も変わらず流れている現実を見ることがつらかったのです。

国立身体障害者リハビリテーションセンター病院では初めて病院の外に出ました。この病院はきれいな並木通り沿いにあります。

「亜希子、並木通りを歩いてみようよ。ものすごく落ち葉がきれいよ」

「え…、いいよ」

母と外出しました。門を出て信号を渡ると、枯葉が舞う秋そのものといった風景が広がりました。

(本当にきれい。救急車で運ばれていたときの外の風景はこんな感じだったんだ)

行きかう車に、犬を散歩する人、自転車に子どもを乗せて走らせる人…。するとわっと涙が溢れました。

「お母さん！　もう無理。早く病院に戻ろう」

「えっ…？」

母は戸惑いました。守られている病院内ならば、やっと、戸惑いなしに行動できるよう

になった私にとって、車椅子から眺める社会は刺激が強すぎました。病院に帰り、そのことを看護師さんに話すと、

「その辛さは、最初に誰もが言うことよ。でも、この入院中に、週末はたくさん外出をして世の中に慣れておくことは大切なことなのよ」

自分でもわかっていながら、なかなか外出しようという気持ちにはなれないものでした。そんなとき、すでに車椅子で外出を重ねていた車椅子の友だちの誘いで、夫と私3人でファミリーレストランへと出かけました。

亜希子の日記◆2004年11月27日（土）

久しぶりに出た社会。とても疲れた。なにげなく来ていたファミレスって車椅子で来るとこんなとこだったんだ…。病院から一歩外へ出ると、こんなにも段差が！　バリアが多い。食事は、不自由な手でも食べやすいものを選んじゃう。人の視線が気になる。お会計もまこちゃんがしてくれた。なんだか悲しくなった。

亜希子の日記◆2005年3月21日（月）

今日は、お兄さんと寛子お姉さんが来てくれた。そして、初めてまこちゃん

なしでの外出。寛子お姉さんと二人で食事に出かけた。なんだか嬉しかった。こんなふうにまこちゃんがいなくても出かけられるのかな…って。そして、寛子お姉さんの優しさに触れ、車椅子生活でもこれから楽しみがあるような気がした。

初めは、辛かった外出でしたが、なるべく意識して社会を見るようになりました。車椅子を連ねて、大人数の友だちと買い物や食事に出かけたことは今となっても良い思い出です。刺激が強かった社会も、次第に自然なものになってきたようです。

この体での生活が現実となる…

病院用のがっちりとした古いタイプの車椅子に乗っていましたが、入院して2か月が過ぎ、自分の体に合わせた車椅子を注文する時期がやってきました。

仲間の中でも、車椅子の話題になります。今でこそ、自分のファッションの一部として次回買う車椅子はこんなデザインがよいとか、こんな色にしたいなど考えることが楽しく感じられますが、その時の私は、

「車椅子なんかどうでもいい。肌色の車椅子がいいな。ん？　透明のほうがいい！　目立たないから。目立たない車椅子がいいの」

肌色や透明の車椅子なんて想像するとおかしく、仲間や夫にも笑われましたが、私は本気でよくそんなことを言っていました。この体での生活を受け入れられなかった私は、車椅子のことは全く考えておらず、むしろ夫のほうが車椅子選びに真剣でした。

「俺、あっこちゃんの車椅子の色考えたんだ。ここの部分を白からピンクにグラデーションさせるの、どう？」

「うん…、なんでもいい」

２００4年12月3日、いよいよ車椅子注文の日です。たくさんの業者が理学療法室に集まりました。夫の中では、メーカーは決まっていたようで話は手際よく進められ、私は夫と業者のやり取りをまるで他人事のように聞いていました。今思うと、あの時の私の姿が腹立たしくてなりません。自分の体、自分の人生をどう考えていたのか！　しかし、そのときの私は、病院内で車椅子に乗っている自分は認めるしかありませんが、退院してからも車椅子に乗っている自分を認めることができませんでした。

やっと注文が終わり、病室に帰ると何ともいえない気持ちが込み上げてきたことを思い出します。

（やっぱり私は歩けないんだ。この体での生活が現実となる…）

気を落としているそのとき、ハッとしました。関心なく夫の話を聞いていましたが、ピンクは私の好きな色です。私の好きな色を車椅子の色として選んでくれた夫。

（まこちゃんは私と歩むこれからの人生に希望を持ってくれているに違いない。障害を負った私より先に、まこちゃんのほうが一緒に生きていく覚悟をしてくれているんだ）

12月28日、いよいよ仕上がった車椅子がやってきました。私が欲しかった肌色でも透明でもありません。でも、私にはピンク色の車椅子が輝いて見えました。

かけがえのない「リハ友」たち

退院。喜ぶべきその日は、新しい体へと生まれ変わった私たちにとって複雑な日となります。決まってその日は、リハ友みんなで退院する仲間を見送ります。

「退院おめでとう！　がんばってね」

車が病院の門を出るまで、みんなで手を振ったものです。笑顔そして、涙で…。

誰もがいつかこの病院を去るその日の自分と重ね合わせて見ていたのだと思います。たくさんの出会いと別れがありました。

「私の彼も頸損です」と告げてくれた看護師の大井さん。そして、職業リハビリ中だったお相手の一色さん。お二人から愛の強さを感じました。

国リハに入院して初めて声をかけてくれた安田さん。娘のためにと車椅子でも車の運転に臨む姿に勇気をもらいました。

きれいな奥様、かわいい3人のお子さんのために、リハビリに取り組んでいた清水さん。職場復帰を目標に、車への乗り移りを必死になって練習していた姿が忘れられません。

私に厳しくやさしくしてくれた官野くん。時間があるとグラウンドを走ったり筋トレしたり…。あなたの精神力を尊敬していました。

常に前向きの田岡くん。「車椅子になってめんどくさいと思っても、死にたいと思ったことはありません」。大学生のあなたからのそのひと言が印象的です。

いつもニコニコの森田くん。車椅子という姿になっても医師になる夢をあきらめず、リハビリに取り組む姿が輝いていました。

高校生の花村くん。テレ屋で言葉少ないけれど、あなたの持つ真の強さを感じていました。車椅子に座り、あなたが笑顔でいるだけで私はパワーをもらっていました。

石ちゃん。大学生の男の子のあなたと車椅子を走らせて一緒に美容院に行ったことは、良い思い出です。お互いにオシャレを忘れずにいましょうね。

熊川さん。いつも冗談ばかり。でも、あなたの持つやさしさをいつも感じていました。

お互い車椅子なのに、私が車椅子から落ちそうになったとき、助けてくれてありがとう。

刈谷さん。食事のときのあの熱弁をまた聞きたいです。手足をなくしてもパワフルにリハビリに取り組む姿、その生き様がまぶしいほどでした。

八木さん。いつも笑顔で爽やかに車椅子を走らせる姿が印象的です。明るい笑顔の奥様。すてきなご夫婦と感じていました。

敬子さん。成人された3人のお子様を持つ敬子さんと仲良く過ごせ、感激でした。敬子さんのかわいいおとぼけで、苦しいリハビリ生活も明るい気持ちとなりました。

幸恵さん。車椅子から立ち上がれる幸恵さんがうらやましかったです。しかしながら、毎日歯をくいしばってグラウンドを歩く姿には感無量でした。

さっちゃん。自分で食事ができることを目標に、麻痺した腕に装具をつけて頑張っていましたね。それを見守る娘さんの優しいまなざしが忘れられません。

まみちゃん。「私たちにはまだやるべきこと、私たちにしかできないことがあるから今、こうして生かされているんだよ」とそれを信じて話したこと。忘れません。

まっきー。まっきーは病気、私は事故。車椅子になった経緯は違うけれど、喜びも悲しみもまっきーと共有できたことをうれしく思います。やさしさをありがとう。

ゆかりちゃん。結婚して間もなく障害を負ってしまった私たち。同じような状況のゆかりちゃんがいることで、私も頑張ろうと励まされました。

障害を負って社会に出る不安と戸惑いを誰もが抱いて退院しました。そんなリハ友たちも今、大学、就職、結婚、子育て…。心の足で一歩ずつ自分の道を歩んでいます。

育ててくれてありがとう

2005年1月22日、自分の29歳の誕生日が迫り、私は両親・祖母へとハガキを送りました。幼い頃、感動して読んだ『かぎりなくやさしい花々』の著者でもある星野富弘さんの詩画集絵ハガキに想いを重ねて…。不自由な手で精一杯に綴りました。

同じ頸髄損傷の富弘さんの詩と絵は、今までも読んできたはずなのに、同じ障害を負ったことでさらに心に染みるものとなりました。

木は自分で
動き回ることができない
神様に与えられたその場所で
精一杯に枝を張り

許された高さまで
一生懸命に伸びようとしている
そんな木を
私は友達のように
思っている
(星野富弘詩画集絵はがき　第8章「たんぽぽ」より)

家族への手紙

29年前の昭和51年1月22日。お父さんお母さんの子として、ばあちゃんそして今は亡きじいちゃんの孫として私はこの世に誕生しました。

田んぼを駆けずり回ったり、逆立ちしたり、いつも転んではひざをすりむいていたこの足。せっかく神様が与えてくれたこの足は、たった28年と6か月で動かなくなってしまったのね…。足を眺めていると、今までどうもありがとうという感謝の気持ちと愛おしさが込み上げてきて涙が溢れます。それと同時に、私を産み、育ててくれたお父さんお母さん、ばあちゃんに申し訳なくて…。

でも、私はこうして生きています。これからも歩み続けます。私を産み、育ててくれてありがとう。

お誕生日おめでとう！（母からの手紙）

母は私の幼い頃から、口げんかの後や私が落ち込んでいるとき、誕生日など、何かあると私に手紙を書いてくれました。そして、入院中に迎えた29歳の誕生日にも母からの手紙が届きました。

長い長い手紙には、7月16日の事故、その知らせを聞いた瞬間から私の誕生日である1月22日までの闘い、改めて振り返るとどれほど人に支えられてここまで来たのか…。障害を負ってしまった娘への母の思いが綴られていました。

読みながら人目もはばからず、泣きじゃくってしまった私です。

亜希子へ

亜希子　29歳　お誕生日おめでとう。1年前、もはや29歳の誕生日をこんな形で病院で迎えるとは思っていなかったでしょう。私とて、想像だにしなかったことです。いや、誰も想像できなかったことです。

でも、生きていてくれてありがとう。本当にありがとう。生きているあなたにおめでとうと言えることがうれしい。生きていることがどんなにつらい、悲しいと言われても生きているあなたに会い、話をできることが何よりよかった。こうして、あなたに手紙を書けることが本当によかった。…中略…

これからは、生かされた命を、いただいた命を大切にしなければなりませんね。どんなにつらいことがあっても苦しいことがあっても『生きていたらきっといいことがある』と信じています。お母さんは、あなたが小さいころ何もしてあげなかった分、これから育つ手伝いをしてあげようかと思っています。

あなたには生きてやらなければならないことがある。やってほしいことがある。あなたを必要としている人がいる。だから死ななかったのです。死ねなかったのです。

毎日必死で、今は、とてもゆとりはないと思いますが、そのうち自分探しの旅に出てください。ちょっと振り返る余裕が出てきたら探してください。自分ができること、やりたいこと、やらなければならないこと。きっとあります。みつかります。あなただけしかできないこと。…中略…

誕生日プレゼントは何にしようかと考えましたが、亜希子への思い、お母さんの心を手紙にしてプレゼントすることにしました。だいぶ、前向きになってきたと思いますが、これだけの障害ですので今後の人生何かあるたびに堂々巡りして悩むのではないかと心配しています。つまずいたとき、逃げ出したくなったとき、苦しくなったとき、取り出して読んでいただけたら幸いです。きっと、「生きよう」と思い直すと思います。

それから、何かあったら「おかあさん」と呼んでください。とんでいくから…。あなたの「おかあさん」と呼ぶ声が好きです。まったく…、と言いながら「おかあさん」と呼ばれることの幸せを噛みしめていました。だから、これからも遠慮なくどうぞ。

事故以来のことや、あなたのこれまでのことを思い出しながら、思いつくままに、あなたへの思いの丈を綴っていたら、本当に明るい未来が開けてくるような気がして心が落ち着いてきました。いや、二人には、きっと明るい未来が開けると確信しました。

お母さんより

3章

退院、そして未知の生活

退院の日

母の日記◆2005年4月10日（日）

いよいよ本日退院。不備な点はあるものの、まこちゃんと亜希子の家はほぼ完成。とりあえず寝ることはできる。

桜が満開の中、高速を使って国リハへお迎え。1時間もかからずに到着。花吹雪の舞う国リハ。桜の花が祝福してくれているというが、私にとって不安と期待の花。学校異動と年度初めのスタートだから。いや、今年は祝の花だけにしたい。

伐採されて幹だけにされた道路沿いのけやきも新たに芽吹き、若葉が風に揺れているではないか…。亜希子と同じ…。手足をもぎ取られても元気で生きているけやき。

皆に送られ元気に国リハを出たが、蓮田あたりから泣き出し、高速から眺める景色だけでいっぱいいっぱいだと…。帰りたくないと泣いた。

不安いっぱいだった退院の日も、その日が近づくにつれて意外に楽しみになってきている自分がいました。それまで会えなかった友だちとも病院で会い、

「退院してからもよろしくね」

と、ありのままの自分を見せることができるようになっていました。車椅子で生きていく覚悟を自分なりにしてきたのだと思います。

しかし、退院の日、実際に病院から出るとどんどん不安と恐怖、悲しみが襲ってきました。車が実家に近づくほどに見慣れた風景が目に飛び込んできます。私はその風景を窓から見ることだけで精一杯。

（何も変わっていないのに、どうして？　どうして私だけが歩けなくなってしまったの？）

我慢していた涙が一気に溢れ出し、気づくと叫んでいました。

「帰りたい！　帰りたい！　病院に帰りたいよ！」

「大丈夫だから。大丈夫だから…」

夫と母は泣き叫ぶ私に戸惑い、そんな言葉をただただ繰り返すばかりでした。

帰ると親戚や友だちが集まり、退院を祝う会を開いてくれました。正直、そこに作り笑顔で座っていることが精一杯で、何を話したのかどんな気持ちだったのか覚えていません。

覚えているのは、みんなが帰り、夫と母と三人だけになったときに、狂ったように泣い

たことです。

「私、やっぱり生きていけない。別れて。施設で暮らすから！」

その夜は、何事もなかったかのようないつもの朝が来ることが怖くてなりませんでした。

車椅子仕様の小さな家

私が車椅子で、夫と新しく生活をスタートさせたのは、私が生まれ育った埼玉県加須市の実家です。群馬県邑楽町に嫁いだはずの私が、障害を負って再び実家で生活することが嫌でたまりませんでした。邑楽町に帰りたい気持ちでいっぱいでしたが、

実家の車庫をバリアフリーにリフォームした家で
新しい生活をスタートさせました

障害を負った体でどこまでの家事ができるのか…。どうやって生活していくのか…。先の見えない不安から、まずは私の祖母や両親が生活している実家で生活をスタートさせようと決意しました。

敷地内にある車庫をバリアフリーにリフォームして、寝室・リビング・キッチン・トイレ・お風呂と最低限の住まい環境を整えました。庭もアスファルトに舗装し、自由に外へも出られます。小さいながらも生活しやすい家…。車椅子を使用する私が生活しやすいよう、入院中、夫が頭を悩ませ、義父の経営する建設会社で相談を重ねながら造られた家です。

📖母の日記◆2005年3月23日（水）

まこちゃんのやさしさには頭が下がる。新車のナンバーは68。その数字は6月8日、二人の結婚記念日だ。

そして、家の設計図を見ながら、「2階を造ったら?」というお義母さんの提案に亜希子の行けない所、自分だけが行ける場所を造ってはいけないという。怪我をしてこんな体になったのは本当に不幸だけれど、夫の愛、嫁としての大切にされ方、これは幸福。最高の幸福ではないか…。

夫や祖母、両親の愛に包まれて、住み慣れた実家での生活は、固く閉ざした私の心を癒し、安定へと少しずつ導いてくれたように思います。

いつもぎりぎりの精神状態

亜希子の日記◆2005年6月4日（土）

退院してから、まこちゃんといろいろなところに出かけた。でも、いつも気持ちはぎりぎり。心の底から楽しめない。

悦郎くん、ゆみちゃんに赤ちゃんが産まれた。ゆみちゃんとは「赤ちゃん欲しいね」と以前から話していたので他人事ではなく嬉しい。でも、ゆみちゃんは母親に。私は29歳にもなって人に頼らないと生活できない。私は女？人間？何者なんだろう。自分を奮い立たせるのも疲れてくる。

確かに、私には、まこちゃんや親、兄弟、友だちがいて幸せなのに…。どこかに消えてしまいたくなる。苦しい。悲しい。でも前を見なきゃ。

亜希子の日記◆2005年9月14日（木）

ふと気づくと、自分はいつもぎりぎりの精神状態にいることに気づくことがある。もちろんいつもは、以前の私のように笑顔が絶えない。しかし先日、ナツ（学生時代の友人）とお出かけするため、朝から準備をしていると、化粧品がテーブルの下に落ちてしまい手が届かない。新しく買ったアイシャドウのふたが開かない。履きたかった新しいデニムはしばらく悪戦苦闘したものの履けない…。次々重なるアクシデントに涙が溢れ出た。

「どうして…どうして私だけできないことがこんなにあるんだろう」

いけないいけない。出かける前に穴に落ちたら…。（私のすぐ隣には暗くて深い穴がある気がする。必死でバランスをとってそこに落ちないようにしている）

自分にできることを考えた。あれもこれもできる。私にできることはたくさんあるじゃないか。少し落ち着いたところにナツが迎えに来てくれた。最近はお出かけの多い私。外に出ると疲れるけれど、よい疲れ。充実している。

退院してきた私は、今までのように日常生活を普通に生きるためには大変な精神力と努力が必要でした。

いつもぎりぎり、いっぱいの精神状態は何か壁にぶつかるたびに崩れ落ちました。入院していた頃と同様、社会に出て車椅子で経験するひとつひとつが衝撃的だったのです。入院中培ったものを土台に、社会に出て、またゼロからのスタートといった感じの日々が続きました。

こんな私でも生きていてよかった？

亜希子の日記◆2005年6月7日（火）

3年前の今日は、結婚式を明日に控えてドキドキしていたな。先日の萌ちゃん（弟夫婦の子）のお宮参り、みんな集まっての食事会。かわいい萌ちゃんの誕生は本当に嬉しい！

しかし、苦しくて悲しかった。みんなが帰った後、泣きじゃくった。こんな体じゃいや。前の私の体を返して。車椅子に乗ったきり何もできない自分。自分のこともろくにできない。生きている価値はある？　こんな私でも生きていてよかった？　早く早く死にたい…。長くなんて生きたくない。短くていい。その日まで精一杯に生きます。自分のためにではなく、まこちゃんのために今は生きてみよう。

📖亜希子の日記◆2005年6月8日（水）

人とうまく付き合えない。何を話しただろう…。みんなと違う世界を生きる私。うまく笑えている？　このつらく沈んだ気持ちを隠すために必死で笑う。疲れる。

ばあちゃんに「こんな体でも私生きていてよかった？」と聞く。「こうやって話せるんだもん。そりゃ、生きていたほうがいい。ばあちゃんはずっと、あこちゃんを見ていたいよ」

ばあちゃんにそう言ってもらえるならよかった。生きていてよかった。私を大切に育ててくれたばあちゃんに少しでも何かお返しがしたい。今日は、そう言ってもらえただけで、なんだか生きているこの体を満足に思えた。

退院し、いわゆる健常者の中で一人車椅子に乗って重い障害を抱えていると、周りと自分がいかに違うか…。その現実をたたきつけられるような思いになったものです。そんなときは、「こんな私でも生きていてよかった？」と気持ちはどん底にまで落ち込みました。

しかし、退院してからの私はいつかの私と違い、「死にたい」よりも、「まこちゃんのために生きてみよう」とか、「ばあちゃんに何かお返しがしたい」などと絶望の中にも光を見つけられるようになったのです。

愛ってすごい

亜希子の日記◆2005年6月10日（金）

国リハの泌尿器科を受診。子どもを連れた車椅子女性に二人も会う。一人は旦那様も車椅子。双子のお子さんを一人ずつ抱いていた。もう一人の方は、旦那様が全盲だという。「すごいですね」と声をかけると、「すごいのは子どもですよ」って…。

たとえ障害者であっても、二人の愛さえあれば子どもを育てることができる。愛ってすごい。やはり愛がすべて。愛の力。愛さえあれば人間はいかようにも生きていける気がした。

私は義妹、友人…同世代の女性が母となっていく姿と障害者となってしまった自分を比較して落ち込んでいました。そんなとき、この偶然の出会いが訪れたのです。今思うと、それはまるで神様が私を励ますために、この出会いを与えてくださったかのようです。

本当に人間の持つ愛は素晴らしいと思います。自分がこんなにもたくさんの人に愛され、支えられて生きているということを障害を負って気がつきました。愛が絶望の淵から私を救ってくれたのです。

そんなことを考えていたら、帰り道ふと、私たちのもとに赤ちゃんがやってくる。私たちが親となる日がくるような気がしたのを覚えています。入院中の母の日記にも幸福を願う思いが綴られていました。

母の日記◆2005年11月25日（木）

二人の確かな愛がきっと報われる。二人を見ていて人を愛するってこんなに素晴らしいことなんだと羨ましいくらい…。そんな二人に幸福は必ずくる。

家事をする幸せ

亜希子の日記◆2005年9月3日（土）

なんて久しぶりの日記。最近の私は、以前の自分に戻ったよう。毎日毎日が楽しい。マザーテレサの言葉がふと頭をよぎった。

『この世で最大の不幸は戦争でも貧困でもありません。人から見放され、「自分は誰からも必要とされていない」と感じることなのです』
私は親や兄弟、友だち、そして何よりまこちゃんに必要とされている。朝、まこちゃんのために作るおにぎり、サンドイッチ、それを作ることが一番の楽しみ。そして、掃除、洗濯、アイロンがけ、すべてまこちゃんのために…。

人生には期限があるような気がする。特に私にはその日がみんなより先に訪れる気がしている。今ですら、体力の限界を感じるときがあるのに歳をとったら…。人より先に動けない日が来てしまうのか…。私にとっては、今この瞬間が大切。今できることを精一杯にやりたい。疲れてもいい。精一杯にやりたい。

人のために何かをする、人の役に立つ、ということが私に生きる希望を与えてくれるようになりました。

私は女？　私は人間？

環境の整った自分の家では、祖母の手を借りながらも自分で家事ができる喜び、妻としての自信をほんの少し持ち始めるようになりました。しかし、外出先で、すらっと伸びた足にヒール、颯爽と歩く女性の後姿を見ると、私なんて…とつい自分を卑下してしまうようになりました。女性としての自分に全く自信が持てないのです。

胸から下は麻痺しているため腹筋が効かず、体は猫背ぎみ。細くなってしまった足を見せるには抵抗がある。おまけに女性としてのさりげない気遣いも、いちいち車椅子をこいでとか、麻痺した手でとなるとスムーズにしづらい…。いつも腕の力だけで行動するため、変な姿勢で着替えたりトイレに入ったり入浴したり。

他の奥さんのようにろくな気遣いもできずに車椅子に座っている妻を夫はどのように見ているのだろう…。夫につい聞いてみたことがあります。

「私を女としてみている？」

「思っているよ。でなきゃ、ここにいないだろ」

あきれている様子でした。確かに今さら夫に質問することではありません。

また、私は人間?などと変なことまで考えるときもありました。自分で自分の体が怖い。自分の存在が怖い。自分自身が受け入れられない。そんな苦しみに駆られるときがあったのです。

なぜならば、全く動かず、触れられている感覚のないこの体。感覚はないはずなのに、大やけどを負い、肉がとろけているかのような痛みとしびれが常に走る体。体の中に違う生き物が住んでいるかのように強烈な力で意思に反して、動く体。尿意、便意もわからない。汗をかかずに体温調節ができない。これでも私は人間?とつい考えてしまっていました。

正直、今も何かにつまずくと自分の存在が何なのか分からなくなるときはあります。しかし、女性としての自信はいまだに持てないものの、講演活動やたくさんの人びととの出会いをとおして、人間としての自分に少し自信が持てるようになってきました。そして、娘の前では〝私は母親〟と無意識のうちに自分の存在を認めているような気がします。

障害者は傲慢なのかも…?

亜希子の日記◆2006年9月3日(土)

今の私はとても幸せ。なんだかみんなに申し訳ない。いつでもどこでも私が主人公になってしまっているような気がする。ウーさんのときも（ホームステイした韓国人の方たちがクリスチャンで、私のために祈ってくださった）、軽井沢のときも（義父母の還暦祝い旅行）、みんなが、心から心配して気遣ってくれる。

私は、それが当然のことのように思ってしまう日が来てしまうような気がした。そんな自分が怖い。障害者は傲慢。けなげに見えて、わりと傲慢なのかもしれない。人の優しさ、思いやり、いつまでも大切にしたい。私の幸せをみんなに伝えたい。


外出すると、皆が車椅子の私を気遣ってくれます。その度に、

「ありがとう」

「ごめんね」

を繰り返し、無意識に感謝の言葉が出るものの、そんなふうにいちいち人に感謝したり謝ったりして外出することに疲れを感じたことがあります。


そんな人とのやり取りに疲れを感じていたあるとき、ふと思いました。

（私、障害を負ってから、人の優しさをいつも感じている。いつも人に感謝している。な

んて幸せなんだろう)
そんなことを思った瞬間、疲れを感じ少し傲慢になっていた自分に気がつきました。人の優しさに触れ、それに感謝している気持ちをいつまでも大切にしなければと強く思ったのです。

「先生」だった私

亜希子の日記◆2005年11月9日(水)

今日は感動的な一日だった。勤めていた保育園に行くことが怖かった。先生として走り回っていた保育園に行くことで、整理のついた気持ちが乱れそうで…。

でも、子どもたちの歓迎に感動した。

「又野先生!」と遠くから駆け寄る子どもたち。

「先生に会いたかったよ」「今度いつ来てくれるの?」「先生、髪型変えたの?」なんてかわいいの。私、生きていてよかった。

たった3か月半、4歳児きりん組の担任として勤務した私は、気持ちが少し落ち着いたら、一度保育園を訪れ、先生方や子どもたちにお詫びをしたいと考えていました。大変なご迷惑をおかけし、どんな顔でお会いしたらよいのか戸惑いました。

しかし、迎えてくださったのは、園長先生はじめ先生方、そして福祉課の課長さんまで。車椅子といえども元気な姿に涙を流して喜んでくださった先生もいらっしゃいました。

そして、一番楽しみだったのは、年長さんへと進級した子どもたちに会うことです。やっと、新しい担任である私になれてきてくれた頃の担任変更。保護者の皆様、子どもたちも戸惑った

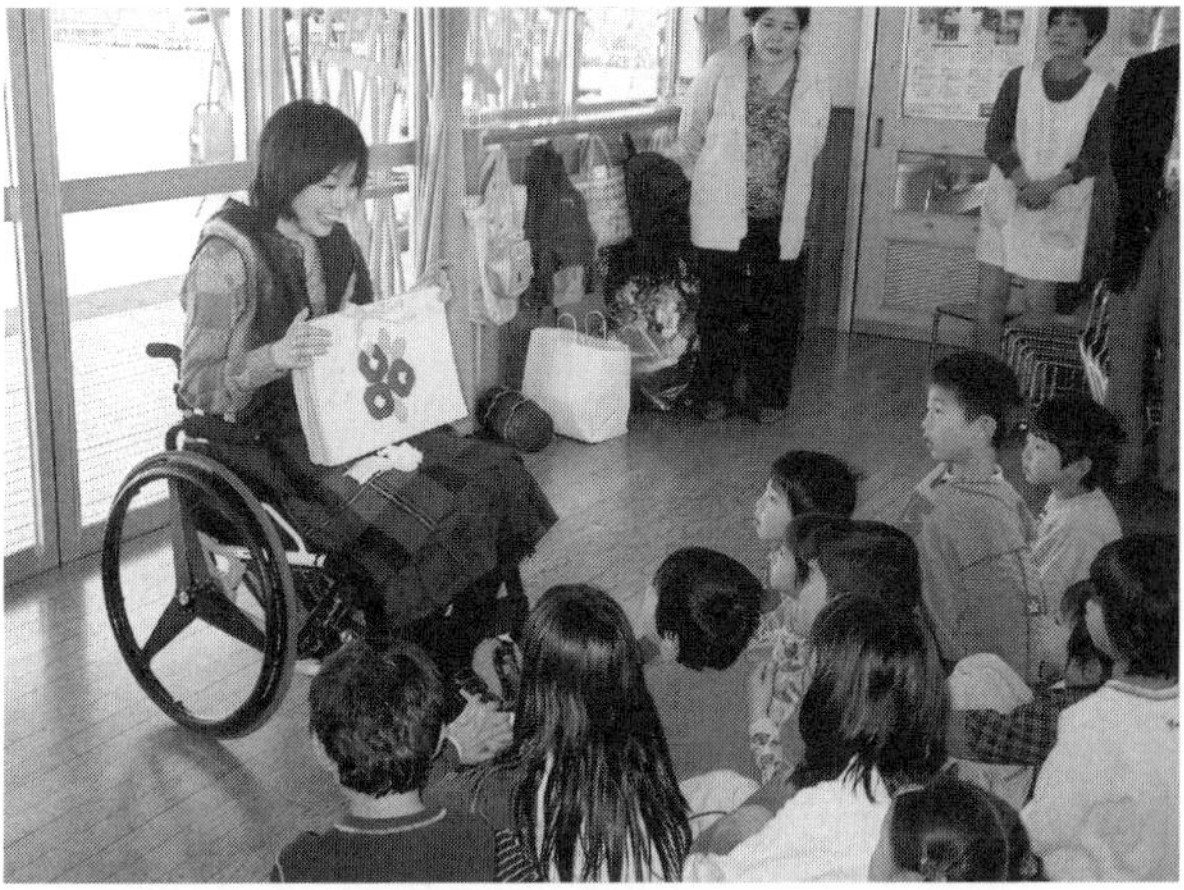

子どもたちが素敵な絵をプレゼントしてくれました。
勤めていた保育園にて（2005年11月）

のでは…。そんなことを考えるだけで、申し訳なさのあまり胸が痛みました。子どもたちは、私の姿を広い園庭で見つけるなり、

「又野先生！　来てくれたの？　だいじょうぶ？　足痛いの？」

と駆け寄って来てくれました。気づくとあっという間にたくさんの子どもたちに囲まれていました。

「みんなごめんね。みんなの先生でいられなくなってしまって」

涙が溢れました。そして、子どもたちへのプレゼントと保護者の皆様へのお詫びのお手紙を手渡したく、保育室で子どもたちを前に話を始めました。すると、

「先生、歩けなくなっちゃったの？」

と涙を流してくれる子も…。

「もう一回ぼくたちの先生になって」

と言ってくれる子も…。

子どもたちに生きていたことを喜んでもらえた私…。本当に生きていてよかった。言葉にならない感動をあの日に子どもたちからもらいました。私はいつも、子どもたちから勇気とパワーをもらっています。

子どもってやさしい

亜希子の日記◆2006年9月14日（水）

選挙の投票に行った。周囲の視線や鉛筆がうまく使えないもどかしさに気持ちが沈んでしまった。「指だけでも使えればいいのに…」とつぶやくと、7歳のひびちゃん（姪っ子）が車の後部座席から言った。

「使えてるでしょ。携帯電話開けてみて。ここ（車のダッシュボード）開けてみて」

私がやってみると、「できてるよ」と…。

涙が溢れた。「あっこちゃん。大丈夫。自信もって！」と言ってくれているようで。私はいつも、子どもたちに励まされている。

障害を負ってからも子どもたちが私に大切なことを教えてくれ、励ましてくれているように思います。ここでいう子どもたちとは姪っ子たちのことです。12歳の麗（うらら）ちゃん、10歳の響（ひびき）ちゃん、7歳の莉理子（りりこ）ちゃん、6歳の心（こころ）

ちゃん、4歳の萌（もえ）ちゃん。元気で明るい女の子たちです。

子ども好きの私にとって、我が子はもちろん、姪っ子たちは本当にかわいい存在です。あるときは噴水の水を触り、「冷たいね！」とはしゃぐ姪っ子たちを車椅子に座り、眺めていました。車椅子で行くのには無理があったからです。すると、子どもたちが水を手にすくい、私のもとにやってきました。

「なあに？」

「ほら、触ってごらん。冷たいって、こんなに冷たいんだよ」

「本当だ！　ありがとう！」

自分たちの楽しみを車椅子に座っている私にまで共有させてくれたことに、胸がじんわりと温かくなりました。

また、私が車椅子だからという戸惑いもなく、遊びにも積極的に誘います。

「じゃあ、じゃんけんにグーで勝ったら1歩。チョキは2歩。パーは5歩進むことにしよっ。あっ、あっこちゃんは車椅子だから、その数だけ車椅子をこいでね」と…。

教えごとではなく姪っ子たちは、すでに障害者と健常者のボーダーラインをひいていないと感じます。

そんな子どもたちの姿に、自分も含め、世の大人もそんな心を持ってくれていたならば、社会は大きく変るのではないかと思うのです。

スペシャルな人生

亜希子の日記◆2006年9月14日（水）

私の人生って究極。毎日、生きている嬉しさ、喜び、幸せを感じている。私にとっての毎日は、一日一日が特別。今まで〝生きる〟〝命〟についてこんなに考えたことがあっただろうか。

私の人生って素敵。充実している。私の悲しみや苦しみは誰にもわからない。でも、この言いようのない喜びや幸せも誰にもわからない。私が事故に遭い、この1年ちょっとで得た思いや考えは、きっとみんなが一生かけても得ることはむずかしいだろう。そう思うと、ある意味、障害を負ってよかった。

まこちゃんや親、兄弟などはもちろん、友だちってなんてやさしいの。みんなを褒めてばかりいると、自分の無力さがせつなくなる。いや、そんな友だちと出会えた、付き合えた自分に誇りを持とう。失ってしまったものの代わりはたくさんあるけれど、得たものの代わりはどこにもない。

絶望の淵にいた私は、退院して5か月、自分の人生を特別な人生だと言えるようになりました。一時とはいえ死に近づいたからでしょうか、どこにいても、何をしていても幸せを感じられるようになったのです。そんなときの日記です。

もちろん今もこのような気持ちです。いや、このとき以上かもしれません。なぜならば、今の私には、「ママ、抱っこ」と抱っこをせがむ、かけがえのない我が子がいるからです。


しかし、改めてこの自分の気持ちを文章として読むと、複雑な気持ちがしてなりません。それは、自分がここまで来るのにどれだけの人を泣かせ、怒らせ、私の人生に付き合わせてきたかを考えてしまうからです。

特に夫と母を道連れにしてここまできました。私は勝手です。わがままです。自分が、どん底にいるときは夫や母もその絶望の淵に引きずり込みました。自分の思いをストレートにぶつけてきたのです。特に同じ女性としての母には…。ここまで来るのに何度激しいけんかをしたことか…。信じられないほどきつい言葉を母に突きつけたこともあります。母からも厳しくつらい言葉が…。正直、大好きな憧れの母が、嫌になったこともあります。

それは、私ばかりか母も生きることに必死だったのだと今は思えるようになりました。自分が親となり我が子への深い愛を知ったからです。それほどまでに、あの暗く悲しいどん底から這い上がってくるのは、私にとってはもちろん、周囲、特に身近な母と夫にとっては過酷なことだったのです。

とても、一人では這い上がることはできない険しい道のりを一緒に歩んできた人がいるからこそ、私はスペシャルな人生を手に入れることができたのだと思っています。

これからの人生は、この幸せをみんなで分かち合って生きていきたいと思っています。

4章
車椅子生活でも結構楽しい

夫がいないと外出はやっぱり不安

外出が大好きだった私。友だちと食事や買い物、国内旅行に海外旅行…。高校生の頃から休みの日は家にいられず、母からは、

「今日はどこに行くの！　少しは落ち着いて家にいなさい！」

と言われるほどでした。

そんな私がいくら障害者になったからとはいえ、そう簡単に変われるものではありません。もちろん、今度は車椅子を使っての外出。不安や戸惑い、車椅子姿の私に向ける視線の痛さも感じていました。しかし、家にいるよりずっと楽しいと感じていました。それは、夫と一緒に外出をする安心感があるからこその話です。

退院して間もなくの私は、ひと口に外出といっても、多くの不安が付きまといました。外出する準備、車への乗り降り、外出先でのトイレなどです。今でこそ、苦にならずにこなせるようになりましたが、当時の私は自分を一番理解してくれている夫と一緒でなければ、安心して外出を楽しむことができませんでした。

というように、人ばかりを頼り一人では外出できなかったあの頃。外出すれば気持ちは

まぎれます。楽しい。しかし、そこにいつも夫がいなくては不安でした。

（まこちゃんは、どう思っているだろう。結婚してまだ3年。車椅子の妻とこうして外出するなんて夢にも思っていなかっただろうな。29歳の若さで妻の介護なんて…。こうして、私と出かけることは楽しいのかな。私との生活に嫌気がささないだろうか…）

そんなことばかりを考えていました。

そして、それと同時に、「こんな生活ではダメ！ 自分でできることをもっと増やしたい。少しでも自立して夫への負担を減らしたい」と考え、焦るようになってきました。

華の週一ランチ

今になると、あの頃の週1回の友だちとのランチが華のランチに感じられます。

「今回は、おいしいイタリアン」

「次回はどこにする？」

華のランチを計画してくれたのは地元に住む有紀ちゃん。

「今度から、あっこちゃんと美季と私三人で週1回ランチしない？」

有紀ちゃんと美季ちゃんは姉妹です。退院後間もなく、障害者になりたての私に有紀ちゃんが誘ってくれました。

（週1回じゃ疲れちゃうかな…）などと気を遣って、誘うのを躊躇してしまう人もいると思います。反対の立場だったら私もそのタイプでしょう。障害者である友だちに変な気を遣いすぎて、疲れてしまっている自分がいるような気がします。

しかし、自分が障害者となった今、そんな特別な気遣いやバリアを張られてしまうことが一番辛く悲しいことだと思っています。退院したばかりの頃、私にどう接してよいのか戸惑う人が多くいました。当然だと思います。障害者と接する機会は誰でもそうあるものではありませんから…。

戸惑うのは仕方のないことと分かっていながらも、いざ、戸惑いを目の前にすると、（私は体に障害があるものの、心にも脳にも障害はない。自分の心で楽しいことも辛いことも、いろいろなことを感じられるし、無理なことは無理、手伝ってほしいときにはそれを伝えられる。意思を伝えられる。だから、もっともっと、障害者である私と自然にラフに付き合ってくれたらいいのに）

などと思っていました。

そんななかで、有紀ちゃんの誘いは嬉しいものでした。有紀ちゃんと美季ちゃんの良いところは、驚くくらい障害者である私にバリアがないことです。あるとき、美季ちゃんが言いました。

「だって、あっこちゃんが車椅子だからとか、かわいそうだから誘ってるんじゃないもん。ただ楽しいから誘っているだけだよ」

障害者である私への同情ではなく、一人の友だち、人間として大切にしてくれている…。嬉しさが胸に溢れました。これが本当のバリアフリーだと…。

有紀ちゃんと美季ちゃんにバリアがないのには驚かされ、こちらが、

「迷惑かけちゃうけどいいの？」

と戸惑うほどです。決まって二人は、

「平気だよ。どうにかなるでしょ」

ランチを始めて数回目の有紀ちゃんの提案には驚かされました。外出すらまだまだの私に、

「今度三人で海外行こうよ」

と誘う有紀ちゃん。

「行きたーい！」

思わず歩いていた頃の気分で返事をしました。

（え…、私、車椅子なんだ。友だちとの外出もまだまだなのに一緒に旅行。しかも海外なんて…）

でも、落ち着き、ふと考えました。不安がよぎり、それと同時に喜びが溢れました。

（車椅子の私に海外旅行のお誘いをしてくれるなんて…。嬉しい。障害を負っても友だちと買い物や旅行を楽しめるんだ。車椅子生活もそんなに悪くはない）

そして、ふたりの寛大な心のおかげで華の週一ランチはますます楽しくなっていきました。

外出が何よりのリハビリ

当時、9か月もの入院生活を過ごしていた私にとって、最低週1回外出することが何よりものリハビリになったと思っています。

外出するとなると、やはり外出の準備を自分ですることになります。その頃を思い出すと、迎えに来た二人をいつも待たせていました。車椅子生活になってから、腕のみで上着を着て、ズボンを履いて靴を履く。麻痺した指で髪を整え化粧をし、荷物の準備をする。今まで何気なくしてきたその一連の流れに慣れていないため、今までの2倍、3倍の時間がかかっていたのです。それが必然的に外出することで最低週1回はこの一連の準備をすることになります。それを繰り返すことにより、コツをつかんで慣れてきました。

そして、外出するとなるといくつかの問題が付きまといました。

ひとつ目の問題は車の乗り降りです。

私は、ごく普通の乗用車だったら車の乗り降りができます。車椅子と同じくらいの高さだからです。しかし、最近の軽自動車や大型のワンボックスなどは車高が高い。そんな車のときは、初めは戸惑ったのですが、抱きかかえ方を友だちに教え、抱きかかえて乗せてもらっています。その抱きかかえ方は、リハビリの先生に教えてもらいました。ちょっとしたコツで女性でもラクに抱きかかえる事ができるのです（抱きかかえてもらっている私が言うことではない気もしますが…）。このコツを友だちにつかんでもらったおかげで、申し訳なさもありますが、気持ちをラクに外出することを楽しめるようになりました。

そして、ふたつ目の問題はトイレでした。

そのときの私は、家のトイレなら使えるものの、外出先のトイレを使用するには自信がありませんでした。何よりもの課題として練習をしてはいました。しかし、実際に使うとなると緊張と使いたい人を待たせてはいけないという焦りも重なり、時間がかかってしまうこともありました。しかし、どんなに時間がかかろうと有紀ちゃんと美季ちゃんは愚痴ひとつ言わずに待っていてくれたのです。それどころか、いつも車椅子から落ちてはいないかと心配して扉の向こうから、

「あっこちゃん、だいじょうぶ？」

と声をかけてくれたり、自分ひとりで初めてトイレに入れたときには一緒になって喜ん

でくれました。やはり、社会で自立して行動するためには、自分で排泄の管理ができなければなりません。友だちのおかげで自立へとまた一歩近づいた私は、大きな自信も手に入れました。

また、買い物好きな私たちは買い物に出かけることもよくありました。初めの頃は車椅子に向けられる視線が痛くて悲しくて仕方ありませんでした。しかし、慣れるものです。店員さんにも、

「このサイズはいくつですか？」

などと、自然に話しかけられますし、レジにも並んで会計もできるようになりました。まるで、小さな子の話でもしているかのようですが、それほど障害者として車椅子という姿で街に出ることには抵抗があり、何をするにもおどおどしている私でした。

というように、外出することは単なるお楽しみではなく、自分の心も鍛えるリハビリになりました。

車椅子でのオシャレ

国立身体障害者リハビリテーションセンター病院に入院中は毎日、上下スウェット。着

やすさ、脱ぎやすさ、何よりリハビリをするために動きやすさが一番の目的でした。入院中はオシャレのことなど何も考えていませんでした。全く興味がなかったのです。あんなに買い物好きで洋服が大好きな私だったのに…。入院中は別人になったかのようにオシャレに冷めていました。振り返ると少し、すねていたように思います。

(どうせ私なんか、車椅子に座っているし、何着たってダサイ!)

そんな私は、夫にこんなことを言ったことがあります。

「ねーねー、まこちゃん、私思うの。どんな素敵な服着ても、車椅子に座っていたら格好悪いよ」

すると主人は、

「そんなことないよ。車椅子だから目立つよ。思い切りオシャレをすればいい」

(そうかなあ? 座っていたらどんなにシルエットのよいものを着てもわからないし)

納得はできなかったけれど、夫のそんな言葉が嬉しかったことを覚えています。

しかし、実際に着たい服を着ることはむずかしいものでした。歩いていた頃の物は、座っている体にはサイズや長さも合わない物ばかりだったのです。何度、着られなくなってしまった服や靴にショックを受けたことか…。何度買い物に失敗したことか…。

ここで、私なりの車椅子ファッションのポイント。

まずは、上着。少し長めでゆとりのあるもの。どちらかというと、細身の服を着ていた私ですが、車椅子となると座っているので、細身の服や丈の短いものになると上へと上がってきてしまい背中どころか気づくとお腹が出そうになってしまいます。

そして、パンツ。ウエストはワンサイズ大きいもの。やはり、座っているのでゆとりが必要ですし、脱ぎ着に時間がかかる私には、大きめのもののほうが脱ぎ着がしやすいのです。もちろん、スカートもパンツも立っていた頃よりも長めのほうが良いです。スカートと言えば、ブーツを履けば抵抗ないものの、最近は足を見せるのが恥ずかしくなってきました。もちろん、33歳という年齢もありますが、歩いていない足は細く痩せこけ、血行も悪いのでむくんで、不自然に見えることが気になるからです。

そして、靴。痛みが分からない私にとって、靴ずれは怖いものです。もちろん歩くことはありませんが、窮屈な靴などを履いて一点を圧迫して、そこから褥瘡になってしまうことがあるからです。入院中はよくスニーカーを履いていました。脱げにくいし、大きめのものを履けば圧迫することが少ないからです。

しかし、退院してからいつもスニーカー!? そんなのイヤ。たまには、ブーツもパンプスも履きたい。靴を何足買ってみたことでしょう…。これは、履ける。これは、長時間履いているうちに赤くなる…。靴選びに嫌気がさしていたそんなとき、普段はファッションの話などしない父が、

「そんなに苦労せずに、オーダーして作れば、必ず自分に合った靴に出合えるんじゃない

か」

とアドバイスをくれました。

「そうか！」

すぐにインターネットで調べてみました。そこで目に止まったのが世田谷にある「関口善大靴工房」。ホームページの素敵な靴たちに、「私もここで！」と胸が膨らみました。

実際お店を訪ねると、なんと工房を経営する関口さんは、偶然にも夫と同じ群馬県出身。そして、さらに驚くことに夫と同じ高校の二つ下の後輩。もちろん、そんなことは知らずに伺ったお店です。ここにも、縁を感じる人と人との出会いがありました。関口さんに靴を創っていただくようになってから、外出が楽しくなりました。

試行錯誤の末、自分で磨いた車椅子でのオシャレ。それは、今まで好んでいたものとは少し違います。本来であればあまりゆとりのあるものよりは、自分の体に合うものがよい。夏にはサンダルだって履きたい。足を気にせずスカートなど丈の短い物だって履いてみたい。そのように望んだりもします。

しかし、いくら望んでも仕方ありません。むしろ障害者とはいえ、自分で着たい服を選び、着られることに喜びを感じたいと思っています。そのように、今は思えるようになりました。

待ち合わせという挑戦

「たまには子どもを預けて、私たちだけでランチしようよ。あっこも、まこちゃんに送ってもらっておいでよ」

そんなメールが高校時代の友だち、裕美から届きました。車椅子生活の私に、

（あっこは車椅子だから…。大変だから…）

という特別扱いではなく、今までのように自然と声をかけてくれたことが嬉しくてなりませんでした。嬉しさのあまり、すぐに、

「ありがとう。ぜひ、参加させてもらうね。まこちゃんにもその日の予定を聞いてみる」

と返しました。そして、メールを返した後にふと思いました。

（ん？　ということは、これからの生活、友だちとどこかで待ち合わせするには、必ずまこちゃんに送ってもらわなければならないのか？）

いつも誰かに頼るばかりではなく、自分一人でも行動できるようになりたい、歩いていた頃のように気ままに外出を楽しみたい、といつも考えていました。そのためにも車の運

転をすることが夢でした。しかし、周囲の反対が強く、たくさんの心配や不安を周りに背負わせてまで車の運転をするべきか、かなり悩み、運転をあきらめました。

そんな私にとって、電車での移動は新しい行動手段として貴重な体験です。思い切って友だちにメールを返しました。

「私、電車で待ち合わせ場所に行くね。私が挑戦しないと何も変わっていかないから」

友だちからどんな返事が来るだろうと思いました。

「危ないから、それなら私たちが、あっこの家に行くよ」とか、

「心配だから、まこちゃんが確実にお休みの日に予定を変更しよう」とか…。

しかし、友だちから返ってきた返事は、

「あっこがそんなふうに言ってくれることが嬉しい！　楽しみにしているね」

ということでした。それがまた私には嬉しかったのです。待ち合わせという私の挑戦に感激してくれる友だち。障害者の私が来ることでたくさんの配慮も必要になってきます。それでも、

「嬉しい！　楽しみにしているね！」

と言ってくれる友だち。友だちのおかげで私の世界はまた広がりました。

当日、期待と緊張を胸に駅へと向かいました。そんな私を見送る父、母、そして夫は初めてひとりで外出をする子どもを見送るように、

「気をつけてね！」

と手を振り続けていました。少し照れくさかったのを覚えています。駅では駅員さんが丁寧に対応してくれ、無事に電車に乗ることができました。


学生時代、毎日乗っていた電車。その電車から見る風景を久しぶりに見られるのが楽しみでした。しかし、電車に揺られていた私は、ほとんど風景なんて見られませんでした。気づくとうつむいてばかりいたように思います。それは、人の視線を気にしてばかりいたからです。気にしすぎかもしれません。しかし、休日の混みあう電車の中で一人、車椅子姿の私は、上から覗き込まれているように感じてしまったのです。初めて一人で電車に乗った私は、自分が他人の目にどう映っているのかばかりを気にしていました。


待ち合わせ場所につくとすぐにみんなが集まりました。

「あっこー!! 大丈夫だった？」

「電車はどうだった？」

「どうやって来たの？」

みんな心配してくれていながらも、私が一人で待ち合わせ場所に来られたことを喜んでくれました。

いつも子どもを連れて会っている私たちは、ゆっくり話をすることがなかなかできません。この日はコース料理をゆったり楽しみながら、いつになく懐かしい高校時代の話や子育ての話に花が咲きました。自分が車椅子に座っていることを忘れ、気持ちはすっかり学生の頃に戻れたようなひとときでした。

家に帰った私は興奮してなかなか眠りにつくことができませんでした。それは、一人で出かけられた喜びと、歩いていた頃のように友だちと待ち合わせをすることができた喜び。今日という日の充実感からでした。

一人で出かけてみるまでは不安もありました。しかし、挑戦してみるとなんてことはありませんでした。辛かったのは、車椅子姿の私をなにげなく見る周囲の視線だけです。しかし、これも経験するごとに慣れて、意識しなくなっていくのだろうと思いました。

自分で自分の新たな世界を切り開くことの大切さ、喜びを感じることができた貴重な一日となりました。

5章 不自由な体に宿った命

うそ！　この私が妊娠？

亜希子の日記◆2005年10月4日（火）

嬉しい。びっくり。不安。信じられない…。

朝、妊娠検査薬をしてみると反応が出た。

しかもすぐに！　なんとなく（もしかしたら妊娠していたりして…。どうしよう。そうだったら）と何とも言えない不安が込み上げてきた。もしかしてと胸騒ぎが…。

こんな私でも、母親として認めてくれたのね。ありがとう。なんて…。まだ病院にも行ってないし、本当なのか分からない。この体でもちゃんと育ってくれるのかな。

亜希子の日記◆10月5日（水）

今日は偶然にも、大安。戌の日。埼玉医大にて、妊娠5週目とわかった。

びっくり。みんなが心から喜んでくれた。

私がここまで精神的に安定し、妊娠に至ることができたのは、みんなのおかげ。この子は、みんなの支え、愛情によってこの世に生まれてくる。なんて幸せな子。

この体になって宿るなんて、今までの私は本当に未熟だったのだろう。やっと、たくさんのものを得た今、神様そして、この子が私を母として認めてくれたのだろう。

生死をさまよった日々から考えると、赤ちゃんを授かるとは、まるで奇跡が起こったかのようでした。夢にまで見た妊娠…。退院後半年、その日がこんなに早く訪れるとは誰が想像できたでしょう。帰って来た夫に告げると、

「えっ？　本当？」

と、信じられない様子。しかしその後には、大喜び。そして、母は笑顔一杯。父は涙をこぼし、祖母も心から喜んでくれました。一方、義父は、

「え？　誰が妊娠？」

と。当然のことですが、私が妊娠したとは思えなかったようです。旅行先で私からの妊娠の報告を受けた義母はというと、

「生きがいができたよ！　何としてでも産むんだよ」

と興奮気味。いまだに、その旅行で義母が私たちへのお土産としてくれた、つまようじ入れの底には、〃H17・10・5〃と義母が書いた、妊娠の報告を聞いた日付けが書いてあります。誰でも、孫の誕生は喜ばしいことでしょうが、私の妊娠はみんなにとって大変な喜びだったようです。

ゆっくり安心して大きくなあれ

亜希子の日記◆2005年10月6日（木）

今日は、まあくん、ゆきちゃん、みきちゃんとランチ。みんな、泣いて喜んでくれた。「協力して育てよう！　何でも言って！」って。

明美ちゃんにも伝えた。「たくさんの不安を抱えながら出産を決心したあっこちゃんを思うと、感動しちゃう」と泣いてくれた。私はなんて幸せだろう。

みんながあなたの存在を喜んでくれているよ。安心して大きくなあれ。みんなが支えてくれる。安心して産まれておいで。

亜希子の日記◆10月7日（金）

今日は一日ゆったり過ごした。一日中だるく、眠い。気づくと2時から5時まで昼寝してしまった。

胃のむかつきは相変わらず。でも、きちんとお腹で生きてくれているような気がして安心してしまう。ゆっくり安心して大きくなあれ。


命を授かった母としての強さなのでしょうか。車椅子生活になって初めて経験することには戸惑いの連続だった私も、妊娠に関しては、もちろんたくさんの不安はあるものの、何が何でもこの子を守ってあげる。元気な子を産もう。幸せいっぱいに育ててあげたい。そんな自信と強さを持つようになっていました。

しかし、今になってこの日記を読み返してみると、我が子にかける
「安心して大きくなあれ。安心して産まれておいで」

という言葉は、母となり気が張っていた自分に言い聞かせていたように思います。

「きっとどうにかなる。妊娠も出産も育児もどうにかなる。だから安心して大きくなあれ。安心して産まれておいで」

と…。

母として強く！　しっかり！

妊娠に気づいたのは、退院後半年のことでした。身の回りのことや家事をゆっくりだけれどこなせるようになり、友だちとの外出も楽しめるようになった頃です。それは、自立へと向かい始めたもののまだまだこれからという時期の妊娠でした。自分のことも未熟なままに母となった私は、いつも焦っていました。

（子どもが産まれるまでに〇〇ができるようにならなくては…。早く自立しなければ！私は母親になるのだから…）と。

亜希子の日記◆2005年10月29日（土）

なんだか、イライラ、メソメソ。母親になるんだから、しっかりしなきゃ。強くならなきゃ。焦ってるみたい。

亜希子の日記◆2005年11月12日（土）

こどもが産まれる前に自立しなきゃ。そんな焦りで、よく眠れなかった。

焦っても仕方ないのに。

亜希子の日記◆2005年12月3日（土）

自分のことがろくにできない自分にいら立つ。家事も妊娠してからさぼっているし。周りがひたすら大変。あー、気分が落ち込む。

ある検診の日、そんな私の焦りに気づいた看護師さんが話してくれました。

「又野さん、母だからって赤ちゃんより強く、しっかりとなんて考えることないわよ。又野さんのような体でなくても、どんな母親も赤ちゃんに励まされながら一緒に母として成長していけたなら、それでいいのよ」

その言葉を聞いて心がとても穏やかになりました。こんなに情けない、ありのままの私を母として認めてもらえたような気がして…。そして改めて、誰よりもお腹の子が私を母として認めてくれていることに気づきました。

そんなことを考えているうちに、母となる不安いっぱいの心に勇気が湧いてきたことを覚えています。

切迫流産の危機

亜希子の日記◆2006年1月6日（金）

今日から入院。たまたま関教授の診察だった。そして、頸管が短く、子宮口が開き気味のことがわかった。つまり、切迫早産の疑い。あと、1週間遅かったら大変なことになっていたかもしれないって。

私もこの子も運がいい。でも、これからの妊娠生活、出産を考えると不安。赤ちゃんはこんなに元気なのに。私がこんな体だから…。ごめんね。一緒に頑張ろうね。

頸髄損傷という障害ならではのたくさんのリスクはあるものの、順調に妊娠が進んでいた私は友だちと外出をしたり、マタニティーライフを楽しんでいました。

妊娠5か月のことです。いよいよ妊娠中期。安定期にも入り、お腹も少しふっくらとしてきました。戌の日の祝い事を済ませ、新年早々の検診。私は突然入院を告げられました。何のことやら、戸惑いましたが、何よりも赤ちゃんの無事を祈り、私も夫も入院することで安心をしていました。

その頃、まさか出産までの長い時間を病院で過ごすことになるとは思ってもいませんでした。しかし、この日から私の、管理された安静生活はスタートしたのです。

腹筋の効かない私にとっての日常生活は想像以上の腹圧がかかっていたようです。ですので、車椅子からベッドへ、ベッドから車椅子への乗り移りは看護師さん二人がかりでやってくれました。もちろんお風呂も全介助です。身の回りのことはほとんど看護師さんがやってくれました。

医師から私の妊娠出産について詳しい説明を受けました。本も読んでみました。もちろん、私のような脊髄損傷女性の妊娠・出産は可能とのことです。妊娠中の合併症として、健常者と同じ、貧血や妊娠中毒症などに加え、脊髄損傷特有の合併症として、褥瘡（床ずれ）、自律神経過反射などがあります。出産に関しては帝王切開が若干多いものの、経膣分娩も可能です。ただ、出産におけるリスクとしては、自律神経過反射と早産が挙げられています。分娩時の自律神経過反射では、母親の死亡例や認知障害などの後遺症を残した症例もあります…などなど。それらのことを知りました。

私にとって、もっとも怖いのは自立神経過反射でした。入院中は1日3回血圧を測り、のぼせや発汗、鳥肌など自分の体調の変化を書きとめ、何かあるときは医師に報告するようにとのことでした。血圧の変動がみられるなど反射の症状が現われ、私の体が大きくなる赤ちゃんに耐えられなくなった時点で出産になります。
以前に脊髄損傷の方の出産経験のある病院でしたが、同じ脊髄損傷でも、私ほど高位の損傷（頸髄損傷）は初めてだったようで、関教授を中心にチームを組み、先生方も看護師さんも慎重に私の妊娠に関わってくださいました。

亜希子の日記◆2006年1月13日（金）

関教授が来てくださった。目標28週。28週からお腹が大きくなり、反射が強まるらしい。私の体は耐えられるだろうか。32〜34週を超えると赤ちゃんも大きくなり、その後はいつ出産しても赤ちゃんへの問題はなくなってくるらしい。35週となる5月までどうにか頑張りたい。
涙が溢れた。この子を元気に産みたい。やっと授かった命。私が守りたい。去年までみんなに守られていた私が初めて自分以外のこの子を守ろうとしている。「がんばるよ」と話しかけると、ポコポコ動いた。

4か月にわたる長い入院。ベッドでの安静生活。血液検査も、点滴も、注射も…。すべて我が子を思うと苦しみではありませんでした。どんなに自分が辛くとも、一日でも長くお腹で育ててあげようと…。モニターで朝晩聞くことのできるお腹の子の力強い心音に、たまに弱気になる心はいつも励まされていました。

幸せな入院生活

▥ **母からの手紙** ◆ 2006年1月20日（金）

亜希子　30歳お誕生日おめでとう。昨年に引き続き、今年もまた、病院で迎える誕生日となってしまいましたね。しかし、気持ちは180度違うと思います。希望の光に導かれていますもの。……

30歳。母になる、お母さんになる年です。30歳という節目の年です。「陽はまた昇る」希望の年です。まずは母子ともに無事に出産できますようにと祈ります。また、赤ちゃんがなるべくお腹の中にいられますようにと祈ります。希望の星2世・赤ちゃんの誕生を楽しみにしています。

✉ **母へのメール** ◆ 2006年1月21日（土）

お手紙ありがとう。夜、こうして救急車の音が聞こえてくると、あの孤独で眠れなかった夜を思い出す。ベッドの柵にしがみついて目をつむり、必死に寝ようとしていた。でも、今回の入院は一人じゃない。一緒に頑張ってくれている子がいるんだもん。幸せな入院生活です。

赤ちゃんを授かって改めて思ったけれど、命ってすごい…。そんなことを考えると、何気なく迎える明日の誕生日も、私を取り巻く人に感謝だね。赤ちゃんは、今までたくさん迷惑をかけた、まこちゃん、又野のお義父さんお義母さん、そして、お父さんお母さんへのかけがえのないプレゼントだと思っているの。

一人の力で授かったわけでもないし、こうして妊婦生活を送っているわけじゃない。でも、こんな私でなきゃ、今この子を育てられない。私でなきゃ、赤ちゃん誕生という幸せをみんなに贈れない。人にしてもらうことは多くても、してあげることが少ない私にとって何よりもの喜びです。この大きな仕事へのプレッシャーはあるけれど、お世話になった最高のお返しができるよう頑張ります。

なんて、いつもお母さんが近い存在でイライラをぶつけてしまうことが多いけど、いつもありがとう。感謝しています。


私が頸椎の手術をした埼玉医科大学総合医療センターには高いリスクの妊娠に対する医療や新生児医療をおこなうことができる総合周産期母子医療センターがありました。頸椎の手術をしたときの入院では、そこに入院中のお腹の大きな妊婦さんを見ることがとても辛いものでした。私の気持ちを察して、妊婦さんがいると夫は何も言わず車椅子を違う方向に向けたものです。

そんな切ない思い出残る病院ですが、いざ自分の妊娠が分かったときには、迷わず埼玉医科大学総合医療センターの総合周産期母子医療センターで出産したいと決めました。私の頸椎のカルテやお世話になった先生もいらっしゃり、安心感があったからです。

1年前の入院生活が生きる希望を失い悲しいものだっただけに、生きる希望を授かった出産のための入院は毎日が幸せに満ちていました。前回の入院のとき、担当してくださった高度救命救急センターの井口先生が産婦人科に入院中の私を訪れてくださったことが印象的です。

「よかったね」

「先生、ありがとうございました。先生のおかげで今の私がいます」

涙がどっと溢れました。私は立てないのか、歩けないのか、排泄はどうなるのか、妊娠は本当にできるのか…。先の見えない車椅子生活を先生に問い詰め、お忙しいにもかかわらず、先生は1時間も私の話にお付き合いしてくださいました。そして、転院する朝も…。病室へと駆けつけ、励ましの言葉をくださったのです。その先生に妊娠の報告がこんなに早くできるとは…。

また、高度救命救急センターの頃から私のリハビリをしてくださった西中須先生も産婦人科へとリハビリをしに来てくださいました。

「又野さん、高度救命にいる頃、回診がきたのに『先生、行かないで』って私を引きとめ、出られなくなってしまったことがあるんですよ。そして、私の後姿に『絶対また来てね』っていうんだから」

「やだ、恥ずかしい。私、あの頃リハビリの時間が唯一の楽しみだったんです。たくさん先生とお話できるから」

それは、今回の入院も同じでした。足や手をほぐしてもらいながら、ゆったり話す楽しいひとときとなりました。たくさんの管につながれ、意識がもうろうとしている私を知る先生は、私の妊娠を心から喜び、よくお腹を触ってくれたものです。

以前から知る先生、看護師さんたちに囲まれた私の入院生活は毎日が笑顔に溢れていました。

胎動？　ポコポコ動くお腹

亜希子の日記◆2006年1月11日（水）

妊娠19週2日目。うわ――！　感動！　これが胎動!?　感覚ないけれど、手を当てるとポコポコと動いてる！　空気がはじけるようなポコポコ。昨日の夜も、これ胎動かな?と思ってたけど、これはやはり胎動だよ。かっわいいね。


看護師さんが言いました。

「そろそろ胎動を感じる頃だと思うわよ」

「あっ、私、胸から下の感覚が麻痺しているので、胎動も分からないと思います」

「そっか、それなら、しばらく手を当てていてごらん」

「はい！」

半信半疑でしたが手をしばらく当ててみました。すると、小さくポコポコと動いています。その胎動は日に日に力強くなりました。その日から、私は気づくといつもお腹に手を当てるようになりました。体では感じられない胎動を、唯一感覚のある手でいつも感じていたかったからです。

車椅子に乗ってのわずかな自由な時間。陽のあたる渡り廊下で大きくなったお腹に手を当てて過ごすことが大好きでした。動かない体で、元気いっぱいに動く我が子の健やかな誕生を願いながら…。

自分だけが違うお母さん

亜希子の日記◆2006年2月10日（金）

今日、産婦人科から周産期母子医療センターのMFICU（母体胎児集中治療室）に移った。とりあえず、ここに2週間。そして、産科の個室に移るみたい。

なんだか、この閉ざされた新しい環境が不安。なぜ？　悲しくなる。周りは点滴していても歩いている妊婦さん。車椅子の私を不思議そうに見ている気がする。動かない自分。できない自分がくやしい。

亜希子の日記◆2006年2月11日（土）

ふう。MFICUにいると、自分だけが違うお母さんって感じ。自分のこともろくにできないのに母親に…、って見られている気がしちゃう。なぜか、一人でいると泣けてくる。ごめんね、赤ちゃん、こんなお母さんで。強くなるよ。こうして宿ってくれたんだものね。

幸せに満ちていた入院生活が、外の景色も見えないＭＦＩＣＵへと移り、心が不安定になってしまいました。やはり、長期入院の妊婦さんは不安定になりがちのため、カウンセリングを受ける方もいるとのこと。

私はカウンセリングは受けなかったものの、周りと自分をいつも比較して苦しくなっていました。

今、大きなリスクを抱えてここに入院している妊婦さんも、退院すれば普通のお母さん。私は、退院しても車椅子に乗るお母さん…。私だけが普通ではない。みんなと違うお母さんのような気がしてならなくなってしまったのです。

そんな私の気持ちを穏やかにしてくださったのは、担当の看護師、田幡さんです。ゆったり落ち着いて、温かな雰囲気の田幡さん。それからの入院は田幡さんのおかげで心穏やかに過ごせました。きめ細やかな医療はもちろん、不安とストレスを抱えての長期入院となる心のケアもしっかりとしてくださいました。

そして先生方も、どんなときも温かく丁寧に対応してくださり、本当にこの病院を選んで良かったと思っています。

もう、限界

順調な経過でしたので、妊娠35週（妊娠9か月）に入った5月2日に帝王切開することが決まりました。出産まであと1か月となった4月1日のことです。

出血が少し見られ、お腹が張るようになってきました。お腹の張りを抑える薬を飲み、点滴が始まりました。そして、ベッド上で安静に1週間過ごすと出血も止まり、張りが収まってきました。

しかしそれからは、私の体は少しずつ限界に近づいていきました。そんな体調の変化とともに、精神的にも不安定になってきました。

「お義母さん、もしも、障害者の私が障害児や病気の子を産んだらどうしますか？」

「あっこちゃん、何がなんでも、産んで育てるんだよ。どんな子だって2人の子なんだから」

「…、そうですね…」

私は涙を流したそうです。私はすっかり忘れていましたが、義母には印象的な会話だったようです。確かにその頃、「母としてこの子を守る！」と、張っていた緊張が崩れ、不安がどっと胸に溢れたことを覚えています。果たして母子ともに無事に出産を終えることができるのか…と。

出産1週間前の日記は辛さだけが綴られていました。薬の副作用で手が震えた私は、まるでミミズが這うような字で日記を書いていました。そんな日記を読み返すと、必死で乗り越えた一週間を思い出します。

亜希子の日記◆2006年4月26日（水）

今日は一日だるい。微熱が続き、食欲もない。出産までには体調整えなきゃ。ほとんど食べてないけど、赤ちゃん平気かな。なんだか、ベッドでボーっとテレビを観ることしかしたくない。

4月27日（木）

車椅子に乗ったら辛かった。目はチカチカ、耳なり、息苦しさ…。すぐにベッドに戻った。もう限界。ゴールがすぐそこだから辛いのかな。

4月28日（金）

今日は体調がよかった。しかしながら、ここにきて、本当に辛い。車椅子に乗っているのもやっと。もう、車椅子をこげない。

4月29日（土）

久しぶりにお風呂に入れた。なんだか一日だるい。眠い。こうして、字を書くのも辛い。

死と隣り合わせの出産

亜希子の日記◆2006年4月22日（土）

今日も分娩方法について臼井先生、上山先生よりお話があった。どうなるんだろう。どうしよう…。毎日毎日気持ちが不安定になる。

入院中、この子さえ元気に産まれてきてくれたら私の体なんて…、と自分の体へのリスクより赤ちゃんを一番に考えてきた。こうして出産のリスクの話を聞き、いざ出産が近づくと、私はこの子のために生きたいと強く思う。分娩によってもしも…なんて、絶対にイヤ！　この子のために…。

5月2日と帝王切開の日にちも決まり、目標に向けて体調管理して1か月が過ぎた頃、関教授より改めて分娩方法についての説明がありました。それは、インフォームド・コンセントと呼ばれるもので、医師が患者に対して、受ける治療内容の方法や意味、効果、危険性、その後の予想や治療にかかる費用などについて、十分にかつ、分かりやすく説明をし、そのうえで治療の同意を得ることをいいます。

先生方は、早産になるであろうと考え、私に対応し続けてくださっていました。しかし、出産を間近に控えた私の様子を見て、経膣分娩（赤ちゃんを引き出す鉗子分娩）も可能なのではないかと考える先生も出てきました。そこで、経膣分娩と帝王切開両方のメリット、デメリットそれぞれの説明を聞き、患者である私が選ぶことになったのです。

人間にとって、最も自然な出産は経膣分娩です。帝王切開はやはり体にメスを入れるわけですから、それなりのリスクはあります。特に私の場合は、障害がある体ゆえに、母体・胎児死亡の可能性など、改めて最悪の状況も説明されました。本当に悩みました。何度も何度も家族、医師、看護師さんと話し合いました。そこで私が出した結論は、やはり、5月2日の帝王切開でした。

私には、陣痛という痛みは分かりません。また麻痺して腹筋も効かないため、出産時に息張ることもできません。そのうえ、陣痛はいつ来るか分からない。それでも、モニターでお腹の張りから陣痛や赤ちゃんの心音をチェックしながら経膣分娩することも、可能のようです。脊髄損傷女性の経膣分娩の例はたくさんあります。

しかし、そこで私にとって怖いのが、自律性過反射です。分娩時の急な血圧の上昇で脳の血管が切れ、脳に障害が残ったり、命を落とす危険性があるのです。また、それは胎児が大きくなり骨盤の神経を圧迫したりすることでも起こり得ることです。

特に妊娠10か月となる最後の1か月で、胎児はぐんと大きくなります。ならば、1か月早い出産になりますが、臓器の形成も整い母体でなくても問題なく育つといわれる5月2日の帝王切開で出産しようと決めました。また、帝王切開ならば日にちも時間も決まり、先生や看護師さん、十分なスタッフがそろい、安全性が高いのではないかと考えたからです。

2306gの女の子!!

亜希子の日記◆2006年5月1日（月）

いよいよ明日出産。なんだかさみしいよ。元気にお腹から出てきてくれなきゃ困るけれど、今日が同じ体で過ごす最後の夜。親から離れ、これも成長への第一歩だあ。明日会えるのを楽しみに、ゆっくり寝よう。

亜希子の日記◆2006年5月2日（火）

どうにかなるさと思っていた出産も、いざ手術室へと入ると涙が溢れた。赤ちゃん。少し小さいのに外に出してしまいごめんね。って…。オペが始まると怖い…。私の命と赤ちゃんの命を考えてしまって。

PM2：39、赤ちゃんの驚くほど大きな産声に涙が溢れた。初めて見た顔。2306gの女の子。よろしくね。私がお母さんだよ。幸せ。感動。

いよいよ迎えた5月2日。朝、目が覚めた私は、不安よりも我が子に会える喜びに心弾んでいました。朝食を済ませ、あとは帝王切開手術の時間を待ちます。ひとつ先に分娩が入っていたので終わり次第、医師から準備の知らせがあることになっていました。

意外にもリラックスしていた私は、訪れた夫や義母、両親や弟家族と和やかな時間を過ごしていました。そのときは誰もがやっと産まれてくる赤ちゃんの誕生への喜びのほうが大きく、それまでの出産リスクに対する不安はどこかへ行ってしまっていたように思います。

夫は、

「やっとこの日が来たな。無事に産まれてくれればそれだけでいいよ」

と私のお腹をなでました。

そのときの状況を改めて夢のように感じたことを覚えています。1年前の5月2日は、まだ病院から退院したばかり。車椅子となって経験することすべてが不安と戸惑いでした。家に引きこもっていることが多かった私です。そんな私が、今は母親。出産のときが近づいているのです。みんなの幸せいっぱいの気持ちが病室に溢れていました。

そして、ドアがノックされ、病室に上山先生がやってきました。PM12：30くらいのことです。

「又野さん、そろそろですよ」

「え…、はい。先生にお任せするしかないですね。よろしくお願いいたします」

私の緊張は急に高まりました。看護師さんに手術への身支度を整えてもらい、手術室へと向かいます。

「リラックスしてね」

廊下で待つ夫がやさしく見送ってくれました。そして、手術用のキャップを頭にかぶせられ、いよいよ手術室に。

（怖い！　私と赤ちゃんにもしものことがあったら…。もう、まこちゃんとはこれでお別れ？）

大げさなようですが、急に自分の出産へのリスクが頭をよぎりました。手術は、最悪の状況を考え、医師と看護師を合わせると30人くらいが手術室に入り、万全の体制で始まりました。意外にも私の分娩はスムーズで、心配されていたようなことは何もなく、順調に帝王切開が進みました。

そして、PM2：39、我が子の力強い産声を聞くと恐怖と緊張の出産が一瞬にして幸せと感動に変わりました。あの大きな産声を決して忘れることはできません。

1か月早い出産となりましたが、赤ちゃんの体重は2306g。思っていたよりも大きく、保育器に入らずにすみました。

そんな無事の出産に私はもちろん、どれだけみんなが安心したことか…。義父や佐登美お姉さん、3人の姪っ子たちもかけつけてくれ、誕生早々、赤ちゃんはにぎやかな雰囲気に包まれました。

産まれてきてくれた我が子をこの胸に抱いたときの幸せ…。

初めてかけた言葉は「ありがとう」です。こんな私を母として選んでくれてありがとう…。元気一杯に産まれてきてくれてありがとう…。私たちの元にやってきてくれてありがとう！　そして、これからもよろしくね。

娘の名前に込めた願い

産まれてきてくれる我が子には最高の名前を…と、考えをふり絞り、夫と二人でしばらく悩みました。なかなか意見の合わない私たちでしたが、共通していることがひとつありました。それは、『杏』という漢字を使うこと。二人共通の思いがこの漢字には込められているからです。

国立身体障害者リハビリテーションセンター病院を2005年4月10日に退院することが決まりました。その日を迎えるまでの私は不安定な気持ちで毎日を過ごしていました。それは、障害を負った体で社会に出ることへの不安からです。

そんな私の心を癒してくれたのは、病院の玄関前に咲く杏の花でした。桜よりもほんの少しだけ色の濃い桃色。担当の看護師、弦間さんに尋ねました。

「かわいらしいあの淡い桃色の花は何の花ですか？」

「杏よ。きれいでしょ。実がなる頃には、実を頂戴してジャムにしたり、杏酒にもするのよ」

「さすが料理上手の弦間さん。かわいい花だな…」

私はその杏の花をいつも眺めていました。

その頃を思い出し、私は心を癒してくれていた杏の花が忘れられず、わが子には『杏』の文字を使いたいと考えるようになりました。その話を夫に話すと、私の思いに共感してくれたのです。

「いいね。よし！『杏』の漢字を使った名前を考えよう」

考えに考えた末に我が子に付けた名前は『杏子（ももこ）』です。『杏』は、アン・キョウの他に、人名読みとしてモモと読むのだそうです。

名前に込めた願いは、杏の花のようにかわいらしく、人を癒せるやさしい子に。そして、薬としても使える杏の実のように人の役に立つ賢い女性に育ってほしいというものです。

人を心から愛することができ、たくさんの人に愛される子に育ってほしい――人間の持つ愛の素晴らしさを知った今だからこそ、なおさら私は杏子にそう願わずにはいられません。

6章 車椅子ママの子育て日記

車椅子仕様のベビーベッド

母となり、一日一日夢中。不安も多いけれど、みんなに協力してもらって、
杏子を愛情いっぱい育てるよ。

杏子育児日記スタートの言葉です。2006年5月9日、順調な成長ぶりの杏子は無事に退院することができました。

退院後は、出産の感動や子育てへの不安に浸っている間もなく、育児がスタートしました。

私の育児でとても役に立ったのが特製ベビーベッドです。このベビーベッドなくして、私の育児はないといっても過言ではありません。

入院中ベッドで食事をしているときに思いつきました。それは、普通のベビーベッドとは少し違います。まるで病院のベッドで食事のときに使う机のようになっています。私がベッドにいるときは、起き上がればベビーベッドで寝ている杏子のミルクやオムツがえを夜中にすることもできますし、夜ぐずっても、立ったり歩いて抱っこできない私は、自分

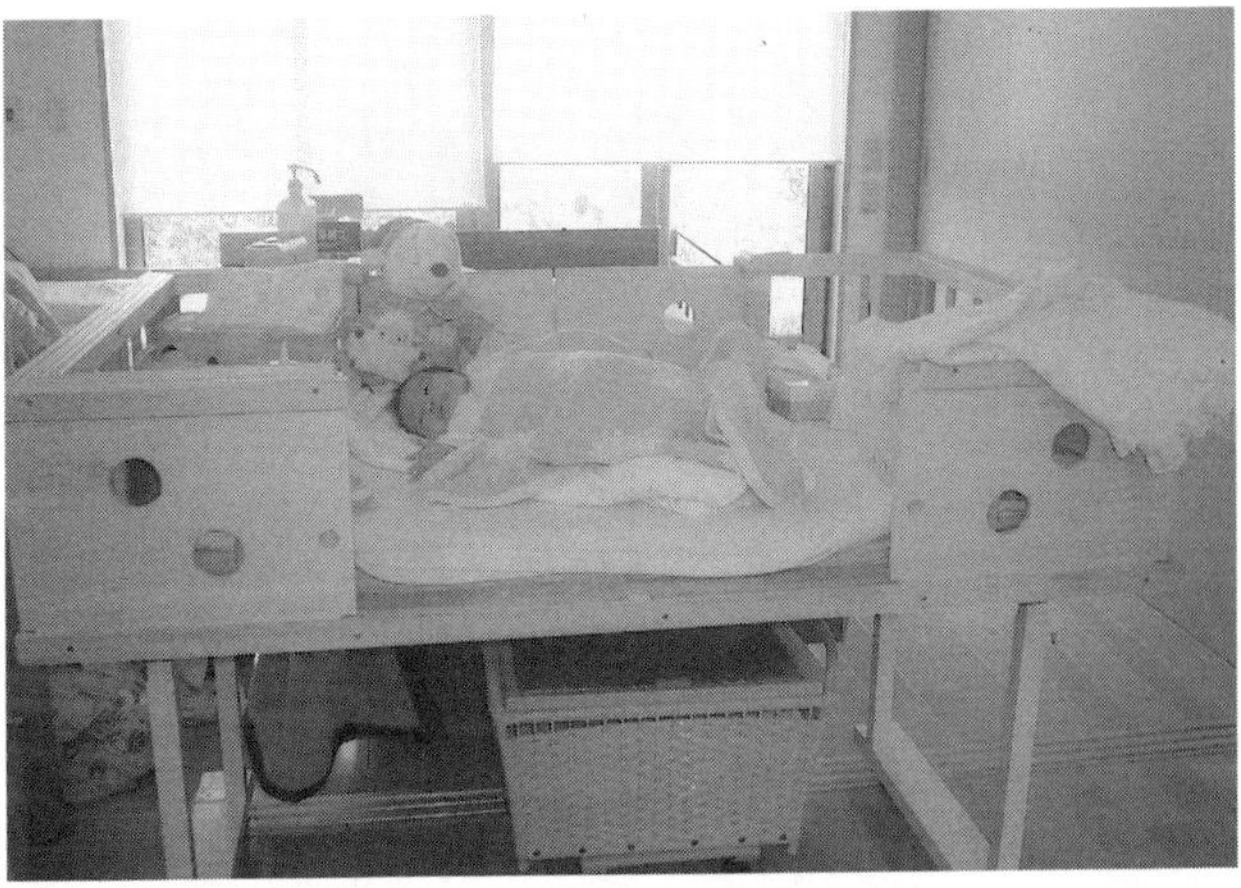

これが杏子用の特製ベッドです。リビング側（手前）からも私のベッド側からも開閉できるようになっています

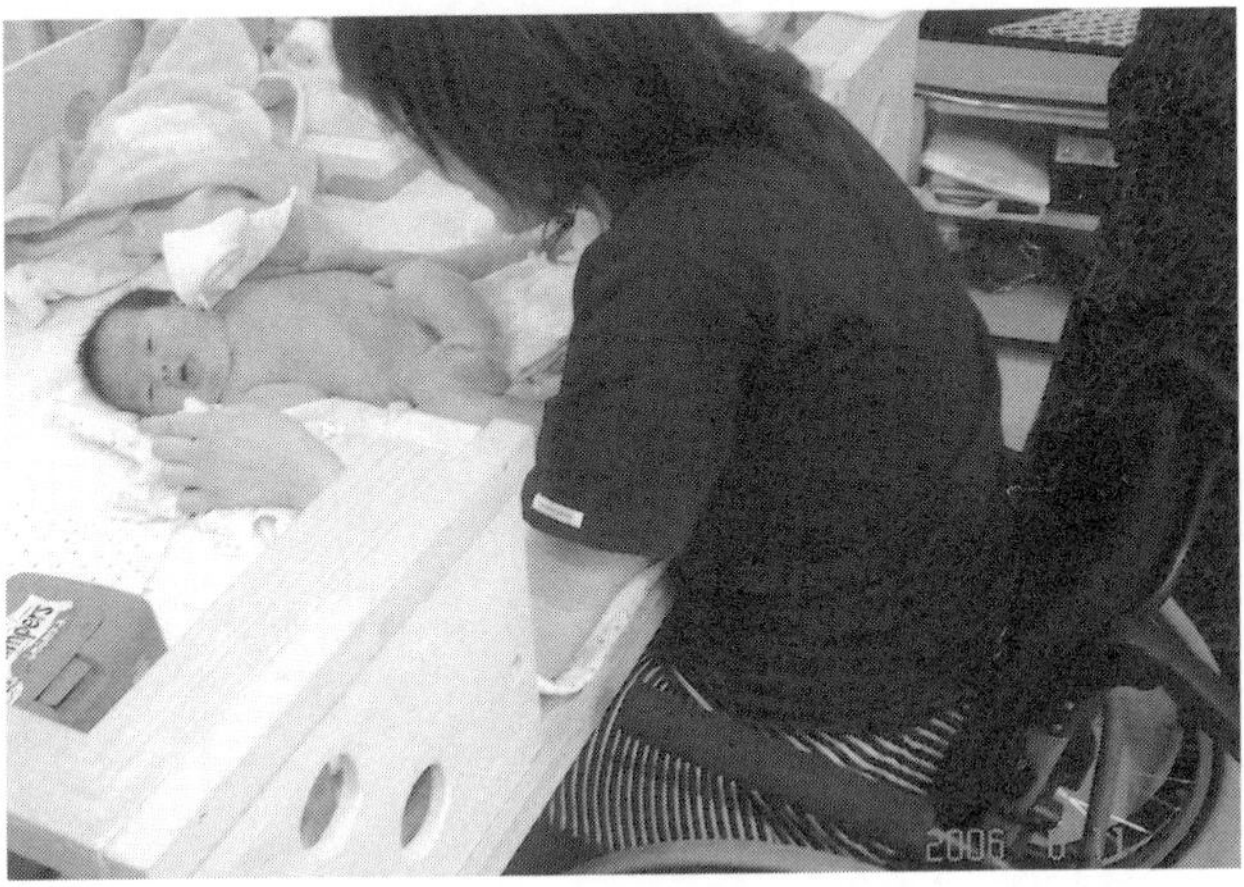

お風呂上がり。時間はかかりますが、一生懸命おむつをして服を着せました（２００６年６月）

のベッドで横になったりしながら一緒に過ごすことができます。このベビーベッドならば、夜中に何度も車椅子に乗り移らなくても済むというわけです。

一方昼間は、ベビーベッドにタイヤがついていますので、リビングにそのベッドを移動させ、車椅子に座ったまま世話をすることができます。つまり、イメージとしては、柵のある大きなテーブルに杏子が寝ているような感じです。車椅子に座っていても足が入るので、無理な姿勢をせずにお世話ができます。

このベッドがあるおかげで、私はオムツ替えも着替えもしてあげることができました。安全で私にとっては使いやすく、ベビーベッドで遊んであげたり離乳食を食べさせることもあったほどです。

環境さえ整えば、私も杏子にしてあげられることが増える…。このベビーベッドが、母としての自信と喜びを与えてくれました。

3世代総出の子育て

私の育児は障害を負った私ならではの工夫と周囲の協力なしにはできませんでした。夫はもちろん、父と母は仕事をしているため、日中は私と祖母だけです。義父が経営する建設会社で働く義母は仕事の合間を縫って、育児のお手伝いに毎日来てくれました。杏子の育児は義母も含め3世代総出となり、にぎやかで幸せ溢れるものとなりました。
一方、私はというと、そのありがたさと幸せをかみしめながらも、寝不足が重なってか、家族、親戚…たくさんの育児サポートに少し疲れを感じるようになってきていました。何でも自分でできたら私ばかりか、みんなもラクなのに…と。そして、母である自分の情けなさに辛くなるのでした。

亜希子の日記◆2006年5月19日（金）
ももちゃんの子育てにはみんなが一生懸命。邑楽のおばあちゃんは毎日群馬から車を走らせお世話に…。曾おばあちゃんも曲がった腰であちこち動き回ってくれています。でも、お母さんの私は自分が情けなく、悔しくなってばかり…。だって、ももちゃんのためにしてあげたいことたくさんあるのに、ろくにできず人に頼んでばかり。涙が出ちゃう。でも、ももちゃんのかわいい寝顔を見ると励まされるよ。

亜希子の日記◆2006年9月7日（木）
今日も邑楽のおばあちゃんが来てくれました。たくさんおんぶしてもらい嬉しそう。どうしても、お母さんだけだと立ってもらいたくて、ぐずるももちゃん。かわいそうに泣き疲れてしまう。立ってあげたいけれどできないのよ。ごめんね。でも、できることは頑張るよ。


そんな、母として自信が持てずに苦しかった私を救ってくれた義母の言葉があります。

「お義母さん、毎日すみません。私は指示するばかりでイヤになる…」

「いいんだよ。あっこちゃんは、そう生まれついているのだから…。おばあちゃんみたいに縁の下の力持ちも必要だし、いろんな人がいていいんだよ」

本来であればこんな姿になってしまった嫁に愚痴の一つや二つ言ってもおかしくはない立場の義母が、そんな言葉をかけてくれました。

その後も3世代総出となるにぎやかな子育ての中で、ふと自分の存在について考えてしまうこともありましたが、いつもこの言葉が私を支えてくれました。

頼りになる曾おばあちゃん

曾おばあちゃん（私にとっては祖母）は、今年２００９年7月30日で80歳を迎えました。

そのお祝いに、みんなが集まりお祝いの食事を楽しみました。乾杯を終えると、すぐに杏子はソワソワ。前日に描いていた曾おばあちゃんの顔の大きな絵とメダルをプレゼントしたくて仕方なかったようです。杏子は曾おばあちゃんを「ばあちゃん」と呼びます。

「ばあちゃん、おめでとっ。長生きち（し）てね」

「まあ、ありがとう。ももちゃん」

練習したとおりにプレゼントを渡すことができました。

「大事にしまっておくよ。こういう絵は今でしか描けないのだから、大切にしておかなくちゃ」

祖母も曾孫である杏子からのプレゼントが何より嬉しかったようです。祖母のお祝いは和やかな雰囲気で盛り上がりました。

杏子が3歳を過ぎた今は、ほとんど祖母の手を借りずに育児をしていますが、振り返ると家にいる祖母をいつも頼りにして育児をしてきました。こんなにも曾孫の育児にかかわり、頼りにされてきた曾おばあちゃんは、世の中にはそういないのではないかと思うほどです。腰の曲がった祖母と車椅子の私…。二人いても1にはなれていないような育児でしたが、歩ける祖母は育児の上で頼もしい存在となりました。

ハイハイの頃は、杏子が保育園から帰ると外仕事からいそいそと家に上がり、動きたがる杏子を私のひざから床へと降ろしてくれたり、祖母が使っている台車に乗せて庭へと散歩に連れ出してくれたり…。活発に動いてオムツを替えさせてくれない時期は、私には対応しきれませんでしたので、祖母がオムツを替えてくれました。

そして、ヨチヨチ歩きの頃は、草取りをしながら私と一緒に杏子の遊ぶ様子を見ていてくれました。杏子が転んだり私が行けない所に杏子が歩いて行ってしまうと、すかさず祖母が手を差し伸べてくれたものでした。

すごい！　私も頑張らなきゃ！

ところで、出産を控えての入院中に、私は車椅子ママの素晴らしい女性に出会っていました。

亜希子の日記◆2006年1月13日（土）

今日は大きなパワーをもらった一日だった。車椅子のママ友だち、きみちゃん。市役所に勤め、家事育児をこなす。並大抵ではない精神力！　肉体力！　素晴らしい生き様だ。私も杏子のため頑張るぞ！

荒井喜美子ちゃん。偶然にも同級生で、車椅子暦13年のベテランさん。きみちゃんは20歳にして車椅子生活となりました。その後、自分の手で就職も恋も結婚も手に入れた、たくましい女性です。

私ときみちゃんとの出会いは、国立身体障害者リハビリテーションセンター病院で脊髄損傷女性の妊娠・出産・子育てについて、専門に研究している道木さんという看護師さんの紹介によるものでした。

私はリハビリでの入院中から道木さんにこの体での妊娠について相談をしていました。そして、切迫流産の危険で入院中に道木さんに不安や悩みを電話で聞いてもらっているときに、同じ埼玉医科大学総合医療センターで最近出産した脊髄損傷の女性がいるとのことで、きみちゃんを紹介してもらったのです。

やはり、私たちのような体での妊娠・出産・子育てはいくら本を読んでも医師に尋ねても、分からないことが多くあります。そのようななかで、先輩ママであるきみちゃんとの出会いは私にとってとても大きなものでした。

きみちゃんは、明るく社交的、気が強くて負けず嫌いといった性格です。子育てに限らず、車椅子生活になってからの生き様を聞くと、こちらまで気合が入る思いです。

きみちゃんには4歳の玲七（れいな）ちゃん、1歳の琉唯（るい）くんの二人のお子さんがいます。ご主人は健常者の方でとても温厚、優しさ溢れる素敵な方です。

きみちゃんのお宅にお邪魔する機会が何度かありました。車椅子生活に全く不便を感じていないような、軽やかな動きで私たちとおしゃべりしながら手際よく夕飯の用意をしてくれた姿に私はパワーをもらいました。家事ばかりか、きみちゃんは仕事もしています。ご両親の手を借りながらですが、仕事をしながら保育園に二人のお子さんを預けての生活。家事もしっかりこなすきみちゃんは私にとってのよき先輩です。きっと、玲七ちゃん・琉唯くんの自慢のママになること間違いなしでしょう。

なるべく自分の手で…

亜希子の日記◆2006年9月14日（木）

杏子の首も据わってきたし、涼しくなったので、初めて杏子をひざに乗せて庭を散歩した。もちろん抱っこ紐を使って。杏子はうれしそうにはしゃいでいた。私も嬉しい。ふたりで散歩できるなんて。子育ても工夫次第でどうにかなるものだな。何でも挑戦！

亜希子の日記◆2007年4月17日（火）

杏子の成長に伴い、できないことが増えてきた。おむつ替えや着替えは、動く杏子に対応できない。

でも、今日は嬉しかった。お風呂に杏子を入れられた。もちろんシャワー。母親ってすごい。我ながらそんなふうに思った。だって私、お風呂に入るの自分ひとりでも大変だったのに、今は杏子と一緒に入れるのだもの。


人の手を借りないと育児ができない私ですが、なるべく自分の手でできることはしてあげたいといつも思っています。

新生児の頃むずかしかったのは、沐浴と着替えです。沐浴は危ないので夫や母などに頼みました。着替えは、新生児用の肌着や服は紐や小さなスナップボタンが多いのですが、マジックテープでできているものを選んだり、義母がマジックテープに付け替えてくれました。おかげで、麻痺している手で時間がかかっても自分でできたことは大きな喜びとなりました。

そして、日記にもあるように首が据わると抱っこひもを使って、散歩までできるようになりました。つかまり立ちするようになってからは一緒にお風呂。杏子の成長とともに私にもできることが一つひとつ増え、これからはこうした生活面だけでなく、いろいろなことに挑戦し、親子でたくさんのことを経験してみたいと思うようになりました。

つい、車椅子だから…と戸惑いがちですが、意外に何でも挑戦してみると可能性は広がるものだと感じています。

夫とのけんか

よく、人からこう言われます。

「お二人仲良しですね」

「素晴らしいご夫婦ですね」

特に夫については、

「優しいご主人ですね」と。

この本を読んでくださっている方の中にも私たちに対して、そんな印象をお持ちになる方がいらっしゃるのではないかと思います。

確かに夫は優しいですし、仲は良いですが、そんなふうにおっしゃっていただくと、なんとなく抵抗がある私です。普通のご夫婦と同じようにけんかもしますし、私たちはそんなに特別ではありませんよ、と…。

もともと、そんなにけんかはしない私たちですが、私が車椅子生活となり、けんかをすることが増えました。特に杏子が産まれ、2歳になるくらいまでは…。理由はどこの家庭にもあることかもしれませんが、夫の家事・育児への協力についてです。

私は、共働きの両親に育てられ、父親（夫）が家事の協力をするものだと思って育ちました。

しかしどうでしょう。いざ結婚生活が始まると、家事への協力はほとんどなし。働いていなかった頃はまだしも、保育士として働き始めても家事への協力はありませんでした。つい夫を責めたくなりますが、自分の足で動けた頃は、

（いちいちお願いして協力を求め、その度にイライラするのならば、全部自分でやってしまった方がラク！）

と割り切っていました。しかし、自分が車椅子生活となってからはいくら自分で！　といっても、限りがありました。


「まこちゃん、布団干して」

「えー、面倒くさいよ。干さなくたって平気だよ」

「そんなこと言って、先週だって干してくれなかったでしょ」

「うるさいなー」

「じゃあ、いいよ。お母さんに頼むから」

「すぐ、そう言うんだから、もうイヤだよ」

「だって、私と暮らすってそういうことじゃないの？　私だって、自分で布団が干せれば気持ちがラクだけど、できないの。

布団干しどころか、まこちゃんの協力がないとこれから新しい家を建てて杏子と3人で生活するとなっても、無理なことなんだよ。

物も出したら出しっぱなし、自分で片付けてよ…」

「あー、あー。うるさいなー。分かったよ」

週末にはよくこんな言い合いになりました。自分でできない苛立ちも重なり、夫を責めることがよくありました。いくら妻が車椅子になったからといって、急に家事に協力してほしいと夫を責めても仕方がないのかもしれません。


けんかの多かったあの頃を振り返ると、あの頃は何だったのだろう…と思います。おそらく私自身が精神的にめいっぱいだったのだと思います。自分の生活のうえでも、まだまだ課題が山積み。そして、育児についても手探り状態。そんな追い詰められたような精神状態のなか、とてもマイペースな夫は、友だちとの約束も子どもが産まれたからといって減ることはありませんでした。そんな夫にいつもイライラしていた私です。

そんなどこの家庭にでもあるようなけんかを積み重ね、今では、新しい私たちの生活スタイルができてきました。相変わらずマイペースで、自分の生活スタイルは変えない夫ですが、無意識に掃除や布団干しなどをするようになったのです。杏子と過ごす時間も大切にしてくれます。
そして、新しい生活に追われていた私も、少し余裕が持てるようになりました。

杏子を落とした！

亜希子の日記◆2006年9月25日（月）
今日はとてもショックなことがあった。初めて杏子を床に落としてしまった。といっても、どうにか体勢を整え、左手のわずかな握力で杏子をつかんだので床にコツンといった程度で済んだけど。
でも、杏子は怖かったらしく大泣き。床で泣き叫ぶ我が子を抱き上げてあげることができず、私まで泣いてしまった。すると、泣いていたはずの杏子がニッコリ。まるで、「だいじょうぶだよ」と言ってくれているようだった。

亜希子の日記◆2006年11月21日（火）
今日は雨上がりの爽やかな天気。散歩をして、たくさんおひさまの光を杏子に浴びさせてあげようと、たまには、庭ではなく家の裏へ…。

しかし、杏子に怖い思いをさせてしまった。ごめんね。ガタンと車椅子の前輪が少しの段差につまずき前のめりになってしまった。そして、ひざにいた杏子は抱っこ紐をしていたにもかかわらず、頭から落ちそうになってしまった。小さな手で車椅子を握り、泣きもせずにじっとしていた。泣き叫ぶと危ないことがわかったのかな。


杏子がお座りやハイハイしかできない頃、私と杏子二人で過ごすときの杏子の居場所は、私のひざの上かベビーベッドの上しかありませんでした。胸から下が麻痺して動かない私は、わずかな握力と腕の力だけで杏子を抱き上げることができなかったからです。ハイハイやつかまり立ちをして遊びたいのに、のびのびできる床に下ろしてあげられなかったこの時期は母として、辛くてなりませんでした。

杏子を抱くには気をつけていたつもりです。しかし、活発に動かれてしまうと自分がバランスを崩して杏子を落としそうになってしまうのです。落としてしまったときには、誰かが帰るのを待つより他ありませんでした。その時間、親子で過ごす切なさは何ともいえません。母親であるのに、我が子を抱き上げることができない。杏子の前では泣くまいと思っても、母としての情けなさから涙が溢れてしまったことを覚えています。

この頃の私は一日一日成長していく我が子の姿に、親としての喜びを感じていたものの、いつも戸惑っていました。それは、日に日に成長する杏子にどんどん自分が対応しきれなくなっていったからです。

保育園へ

生後7か月を迎えた頃、いくら人の手を借りても家庭での育児に限界を感じるようになりました。それは、活発にハイハイやつかまり立ちをするようになった杏子が、私と二人で過ごしているとあきてしまうようになったからです。そして、人の手を借りるといっても、実家の両親は共働きで義母も仕事をしているため、日にちや時間は限られますし、私の祖母といっても高齢のためスムーズに育児に関わることができませんでした。

その頃は、私ばかりか周囲も家庭での育児に限界を感じていたように思います。そこで杏子が8か月に入り、正式な入園の4月まで1月から一時預かりという制度を使って、保育園にお世話になることを決意しました。

亜希子の日記◆２００７年１月５日（金）

今日は保育園の面接に行ってきた。杏子は先生を見るなりニコニコ。いよいよ、杏子の新しい生活の始まりの場。緑豊かでたくさんの花が咲く園庭。衛生的で木のぬくもり溢れる園舎。私のほうが期待に胸が膨らんでしまった。杏子は、大丈夫かな。大丈夫よね。先生もお友だちもたくさんいるよ。

亜希子の日記◆２００７年５月８日（火）

一日、家事が充実。掃除に洗濯に料理。５：30には杏子をお風呂に入れ、６：00過ぎにはご飯。７：00くらいにはぐっすり寝てしまった。テキパキ動けないけれど、母としてひと通りできたことに満足。

杏子と離れて過ごす生活は寂しさもありましたが、それよりもホッとした気持ちのほうが正直大きかった私です。動きたい杏子を我慢させて育児するよりも、思い切って保育園に預けたほうが、心も体も親子共々充実した生活が送れるのではないかと思ったからです。登園を嫌がることなく、ニコニコと手を振って出かける杏子の姿から、楽しい園生活を送っている様子が伺え、親として嬉しくなりました。

一方私のほうも、杏子とすごす生活では十分にできなかった家事ができるようになりました。といっても、今までの2倍、3倍の時間をかけながらですが、ひと通りできるようになったことに喜びを感じていました。

自分がやっと母親らしいことができるようになったこの頃、母としての自信を少し持てるようになったように思います。

そして、杏子も私も家族も充実した日々を送れるようになったことに、感謝をしなければならない人がいます。それは明美ちゃん、そして角田家です。明美ちゃん、角田家のおかげで、子育てができたといっても過言ではないほどです。

明美ちゃんは私の同級生、角田真一くんの奥さんです。以前から角田くんはもちろん明美ちゃんとも仲良しでした。私が障害を負ってからは、週1回麻痺した足のストレッチや体操など、心も体も支えてくれる大切な存在となりました。

お子さんは二人。今、小学校6年生の萌（はじめ）くんと、この春1年生になったばかりの歩（あゆむ）くん。当時歩くんは、市内にある保育園に通っていました。そして、私の育児を身近な存在で見ていた明美ちゃんに相談すると、

「ももちゃんの送り迎え、歩と一緒にしてあげるよ」

と引き受けてくれたのです。この明美ちゃんのひと言に、私ばかりか群馬県から杏子の送り迎えをしてあげようと考えていてくれた義母、そして祖母・両親・夫…誰もがホッとしました。

朝、市役所に通勤する父が角田家に杏子を降ろし、角田家から、歩くんと仲良く保育園へと通いました。角田家では慌しい朝にもかかわらず、同居しているおばあちゃんにまで面倒を見ていただき、杏子も心穏やかに保育園へ通うことができたことと思います。

遊んで寝られる大きなベッド

亜希子の日記◆2008年1月29日（火）

ベッドで遊ぶことが大好きな杏子。保育園から帰ると「ここ、ここ」と私を呼ぶ。そして、今日初めて手招きをした。小さな手で「おいでおいで」と。その表情のかわいらしいこと。大きくなったね、杏子。

亜希子の日記◆2008年1月30日（水）

一緒にベッドで遊んでいると、私の上に乗ったり、ギュッと抱きしめてくれたりする。お母さんもコチョコチョとくすぐったり、ギュッとしてあげる。声を立てて笑い、嬉しそうな杏子。

そういえば、このベッドにいるときでないと普通のお母さんみたいに、こんなふうに思い切り全身を使って遊んであげられないものね。

大きなベッドとはベビーベッド同様、夫の会社の職人さん、小泉さんに作っていただきました。前回のベビーベッドに続き、私の体と杏子の成長に合わせて育児しやすいように私が考え出したものです。細やかに私の案に耳を傾けてくださり、忠実に作ってくださった小泉さんの腕には感動です。

このベッドは、寝室のほとんどを埋め尽くすような大きなサイズです。夫と杏子が寝られるベッドを作っていただき、そのベッドと私のベッドをつけました。つまり、キングサイズ以上のベッドの大きさになります。

そして、ポイントはすべてを柵で囲って

新たに作った大きなベッドです

あることです。また、引き戸式の扉がついています。そのため寝るばかりか、扉を閉めれば一緒にベッドに上がらなくても、一人で杏子は大きなベッドの上でハイハイもつかまり立ちもして遊べるというわけです。

さらに、布団を上げると防水マットになっており、昼間は布団をあげておもちゃで遊んだり、おむつ替えもすることができます。

この大きなベッドのおかげで、それまでできなかった親子で遊ぶ時間をつくれるようになりました。保育園から帰ると、ゆったりと二人で過ごせたことは、杏子ばかりでなく私の心も満たしました。また、二人で過ごせる時間も増え、子育てのサポートをする家族も気持ちが楽になったことと思います。

もうひとりの私の母、そしてその家族

私には、もう一人母親のような存在の人がいます。それは母の妹、私にとっては叔母です。叔母を「和江ちゃん」と呼び、幼い頃から何かある度に頼りにしてきました。それは、今でも変わりません。母とは近い存在でぶつかり合ってしまうこともあるなかで、いまだに私は叔母に頼ってしまうことがしばしばあります。杏子の育児、そして我が家の生活の

大きなサポーター役となってくれています。

　また、従兄妹のゆうくんとりえちゃんは少し年齢は離れていますが、まるで私と弟四人兄弟のように仲良く育ちました。ゆうくんが生まれた頃、当時小学生の私は赤ちゃんという存在のあまりのかわいさに、いつもお世話をしたがっていました。りえちゃんは、小学生となると私の運転でランチに出かけたり、ピアノの発表会に連弾で参加したりと、女の子ならではの楽しみを重ねてきたように思います。

　そんな二人も今となっては、立派に成長しました。ゆうくんは公務員として社会人2年目。りえちゃんは大学4年生。就職も金融関係へと決まりました。そんな二人が今は杏子の面倒をよく見てくれています。特に杏子が「ねーね」と呼ぶりえちゃんには、体調が悪く保育園を休んだときなど、本当にお世話になりました。ねーね大好きの杏子です。

　そして、杏子が大好きなおじちゃん。たまにしか会わないのに、なぜか会うとべったり。父が退職した今は、保育園の送り迎えは、父に頼んでいますが、父の都合が悪いときは、同じく退職した叔父がしてくれています。杏子は嬉しくて朝からニコニコ。

　母親に障害があるばかりに、こうしてたくさんの人の手を借りて愛情豊かに育っていく杏子の姿を見ると、これから不憫な思いをさせてしまうことが多々あるかもしれませんが、きっとまっすぐ育ってくれるのではないかと信じています。

お母さんなのに…

◆亜希子の日記◆２００８年６月１日（日）

杏子、久しぶりの39度6分の熱。一日中ウトウト、メソメソ。私の抱っこは拒否。立って抱っこしてもらうか自転車に乗るかでないとダメ。母親なのに、うどんを作ってあげることしかできない。むなしいわ。

◆亜希子の日記◆２００８年６月８日（日）

今日は、パパとママの結婚記念日。パパは、やっと東北への出張から帰り、杏子は嬉しそう。杏子の風邪もすっかりよくなり、ホッとしたよ。

今日は、じいじ、ばあば、パパもそろい、人手がある日曜日。助かる反面、ママは手持ちぶさたを感じてしまうほど。杏子からすると、やはり体を使って遊んでくれる人がいいものね。

3歳を過ぎた今でこそ、母親である私を特別な存在としている杏子の様子がわかるので、このような感情はなくなりました。しかし、杏子が小さければ小さいほど、「私、お母さんなのに…」というむなしさに襲われることが多々ありました。

1歳を迎えるまでは特にです。おじいちゃんや、おばあちゃんが抱くと泣き止むのに、母である私が抱くとイヤ！　と大泣きされることもしばしば。理屈抜きに、立って抱っこしてもらったり、お散歩してもらえることが嬉しかったようです。

また、具合が悪いときもそうです。母として、一番そばで看病してあげたい存在の私が抱っこすると嫌がります。抱っこをせがむのは決まっておじいちゃんやおばあちゃん。立って抱っこしたり、庭にスムーズに連れて行ってくれる人がや

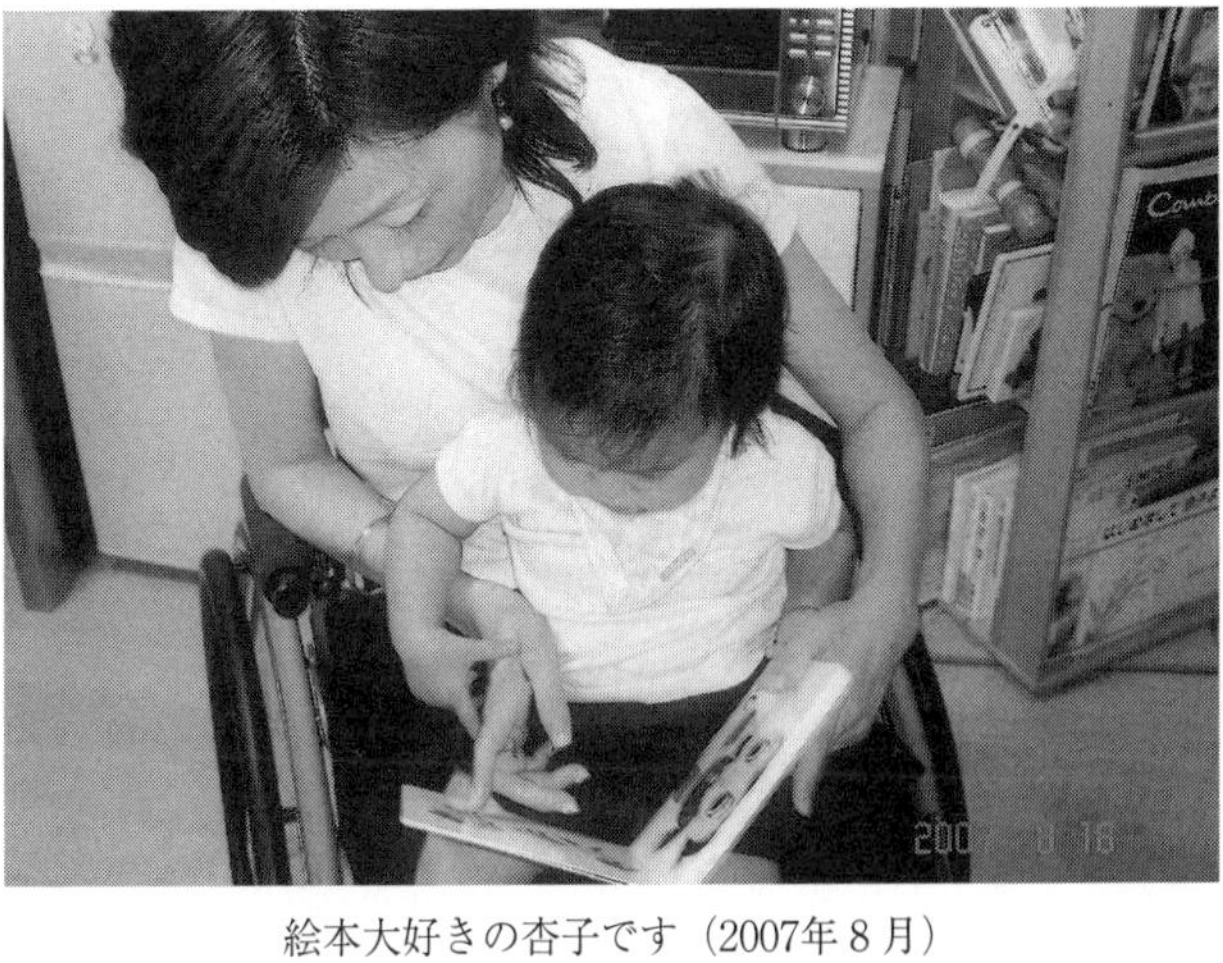

絵本大好きの杏子です（2007年８月）

はりいいのです。

（杏子にとって、お母さんである私の存在っていったい…）

と気を落とすこともありました。

しかし、あるとき1歳・2歳なりに、しっかり相手をみて自分の欲求を伝えていることに気がつきました。

保育園から帰ると、私と過ごすときには、ひざの上で甘えたり、絵本を読んでもらうなどといったことで満足してくれました。そして、動けるおじいちゃんや、おばあちゃん、パパが帰ると、手を引いたり指差しをしたりして自分の思いを活発に伝えます。

幼いなりに、しっかり相手をみているのです。それに気づいたとき、杏子は、こんな私でもきっと心のどこかで母として認めてくれているのではないのかなと嬉しくなりました。

普通のお母さんみたい！

亜希子の日記◆2009年2月9日（木）
今日は11時、給食前に杏子をお迎え。有紀ちゃんが杏子を連れてきてくれた。
そして、行田のよっちゃん宅へ。有紀ちゃんが誘ってくれた。はるくん、ほまれくんと遊ぶのを楽しみにしている杏子。お母さんにとっては新鮮。杏子を連れてママ友だちのおうちに遊びに行けるなんて…。普通のお母さんみたい。もちろん、有紀ちゃんやよっちゃんの手を借りて抱っこで家にお邪魔したけれど、嬉しい。2人に感謝。

亜希子の日記◆2009年3月13日（金）

嬉しかった。有紀ちゃんが夜、食事に行こうって。有紀ちゃん、ほまれくん、私、杏子の4人で食事。子連れで友だちと食事なんて普通のお母さんみたい。手のかかる2歳の子2人と車椅子の私。手のかかる3人を連れて一緒に食事を楽しんでくれる有紀ちゃんには、感謝でしかない。

私が車椅子生活となってから、いろいろなところに連れ出し、たくさんの挑戦の場を与えてくれたのは、地元の友だち有紀ちゃんです。それは、出産して母になってからも変わりませんでした。

有紀ちゃんにもお子さんがいます。杏子と同じ歳の男の子、帆希（ほまれ）くんです。車椅子生活となり、実家に住むようになってから、毎週のように、遊んでいた私たち。まさか同じ時期に妊娠するとは思ってもいませんでした。同じ年齢の子を持つ親として、悩みや喜びを語り合うことが増え、さらに交流は深まりました。

そして、有紀ちゃんのおかげで私は母としていろいろなことに挑戦することができました。それは、友だちのお宅へ遊びに行ったり、食事に行ったり、旅行に行くなど、普通のお母さんが友だちとなにげなくしていることです。

しかし、私にとっては大きな挑戦となります。杏子を連れての外出となれば、当然のことながら人の手を借りなければなりません。ましてや、友だちも自分の子どもを抱えてとなると、車椅子の私、杏子を連れての外出は大変なことです。なかなか自分からは「子どもを連れてランチいこう！」などとは言いにくいものです。しかし、有紀ちゃんはこんな私に、いつも積極的に声をかけてくれます。

「今度、パパなしでディズニーランドホテルに泊まろうよ」

「行きたいけれど…、でも…。みんな子連れだし、杏子を連れてとなるとみんなに迷惑かけちゃうから悪いから…」

「そんなの、いまさら！　平気だよ。樹里ちゃんもいるし美季もいるし、どうにかなるよ！」

「そっか。みんなには迷惑かけちゃうけれど、行こっかな！」

障害者だから…というためらいもなく、「単に、一緒に遊びたいから声をかけるだけ」といった有紀ちゃんの気持ちをいつも感じていました。だからこそ、私も気持ちをラクにお付き合いしているのだと思います。友だちはどの子も大切な存在ですが、地元で一緒に子育てに励む有紀ちゃんの存在は、私にとってとても大きなものです。

勝手にイライラ

亜希子の日記◆2008年4月13日（日）

山中湖へ旅行。友だちみんなのお陰でパパもママも杏子も楽しめた。ママはみんなの優しさに触れて、心が豊かになっていく気がしているよ。

ママに手がかかり、みんなに迷惑をかけているのだから、せめて杏子だけはよい子でいて！　そんな勝手を思う。

亜希子の日記◆2009年2月13日（金）

とても気が落ち込む。今日は有紀ちゃん夫婦と帆希くん、美季ちゃん、と食事に行った。外出すると、人の手を借りないと杏子の面倒が見られない私。有紀ちゃんやまあくん、美季ちゃんがせっかく面倒見てくれているのに杏子はワガママや大泣き。私は、みんなに申し訳なくて杏子を怒ってばかり。そんな自

分をいつも反省する。自分でできたらどんなにラク!? そして、動かない自分の体を責める。帰ると、

「みんなでたのちかったね」（みんなで楽しかったね）

という杏子に、「こんなお母さんでごめんね」とつい謝りたい気分になる。

「魔の2歳」「反抗期」と呼ばれるこの時期、杏子も「イヤ！ ダメ！」などと自分の思いを主張するようになりました。自我がしっかり芽生えてきている証拠とも言え、立派な成長の現れでもあるわけですが、悩まされました。

どのお母さんも、悩まされる時期でしょうが、私の場合は外出するとオムツ替えや着替え、その他遊びの面でも人の手を借りないとできません。借りないというよりは、ほとんど友だちなどにお任せ状態になってしまうのが現実です。それに加わり、友だちは私にも手を焼いてくれます。車高の高いワンボックスカーには抱っこして乗せてくれますし、車椅子の積み下ろしもしてくれる。そして、段差があったり急な坂があるときは、車椅子を押してくれたりもするのです。

そんななかで私は、いつもイライラしていました。それは、杏子に対してです。

「みんながせっかく、ももちゃんのためにやってくれているんでしょ！ どうして、イヤ

だって言うの！」

「ママもう本当にイヤ！　いちいち泣かないで」

そんな会話の連続に家に帰ってから反省してしまう私でした。落ち着くと、気づきます。これは、障害があるゆえの私の勝手な苛立ちだということを…。しかし、そのときには友だちに対する申し訳なさしか考えられないのです。そして、最後には「私がこんな体だから」と自分の体を責めてしまう情けない私です。

でも、こんなに手のかかる親子をイヤならば友だちは誘わないはずです。しかし、いつも声をかけてくれる…。「ごめんね」ばかりでなく、友だちに「ありがとう」という気持ちで少し甘えてしまおうと思えたとき、気持ちが少しラクになれました。

こんな私でもやっぱりママはママ

亜希子の日記◆２００８年５月１日（木）
「誰と寝る？」「ママ！」。その後は何をするにも「ママ！　ママ！」。立てなくても、歩けなくても、私のひざの上でくっついたり顔を触ったり、居心地よさそう。

亜希子の日記◆2008年9月16日（火）

杏子が「ママ！　ママ！」と頼りにしてくれる。「もー！　誰でもいいじゃないの」なんて忙しいときには思う。しかし、人に必要とされる幸せ。それが私にとって一番の生きる希望になっている。

たまに、自分が社会のお荷物のように感じてしまうときがある。私をこんなにも母として必要としてくれる杏子がいるのだもの。幸せだよ。ありがとう。

いつもは、パパ大好きの杏子です。杏子いわく、

「パパはいい子」

「ママは？」

「ママは怒るからわりい子（悪い子）」

だそうです。確かに我が家の場合、パパは、かわいさあまりか、ほとんど杏子を叱りません。叱り役は決まって私…。そんなやさしいパパが帰ると、パパにべったりの杏子。高い高いをしてもらったり、飛行機をしてもらったり、寝る前には、

「パパ読んで」

と絵本を持ってきます。そんな杏子がかわいくて仕方ないパパです。そして、

「パパとママとモモで寝るの！」

寝るのは決まって3人。それまで、パパにべったりだった杏子はベッドに入ると、

「ママ～」

と私にべったり。そして眠りに入ります。一方、パパはベッドの端で一人。

こんな光景はどこの家庭にもあることと思います。子どもにとって肝心なところは、やはり、母親を求めるものなのでしょうか。


小さな頃は、自由に身動きがとれる人を求めていた杏子です。しかし、大きくなるにつれて、杏子にとってママの存在が大きくなってきていることを自分でも感じるようになりました。どこの家庭もそうかもしれませんが、寝るとき、叱られるとき、甘えたいとき…。いつも最後は「ママ！」の杏子です。


日常生活では人に頼られることよりも、人を頼ることが多い私にとって、唯一私を頼ってくれる杏子の存在は嬉しいものです。たとえ、障害があろうとも、容赦なしに心も体も体当たりしてくれる杏子は、無意識のうちに母としての私の存在を認めてくれているように思います。

「たとえ、障害があってもママはママ」だと…。

やっぱりもう一度歩きたい

亜希子の日記◆2006年5月21日（日）

もう一度歩きたい…。そんな気持ちは車椅子生活での充実した生活の中で少しずつ薄れていたけれど、杏子を出産したら、またそんな気持ちが溢れてきた。もしも立てたら、ももちゃんにこんなことあんなことができる…。そんなことを考えると自分が情けないし、悔しい。でも、お母さんにしか杏子にしてやれないことがきっとあるはず。

亜希子の日記◆2006年11月6日（月）

はあ…。もうイヤ。やっぱり歩きたい。

6か月検診の結果、杏子が股関節脱臼ぎみだということでお義母さん、まこちゃんと埼玉医大に行った。結果、心配はいらないみたい。

病院の後、川越の街を歩いた。段差やでこぼこ道、杏子ばかりか車椅子の私にも手がかかる。外出すると杏子にしてやれないことだらけ。母親じゃないみたい。
しかし不思議なものです。まるで強がっているかのようですが、杏子が3歳を過ぎた今、もう一度歩きたいと思うことは全くといってもよいほどなくなりました。それほどまでに、生活も充実し、車椅子生活に自信がついてきたのだと思います。

まだ、車椅子生活にさえ慣れずに母親となってしまった当時の私は、育児において何かあるたびに、「立てれば…。歩ければ…」と考えていたように思います。

この気持ちは杏子が歩けるようになったことをきっかけに自然となくなっていきました。それは、歩けない私の分も杏子が動いてくれるようになったからです。お母さんができないのならば、私がする！　といったように…。自分でどうにかひざの上へとよじ登ってきたり、私に取れないものは取ってくれたりします。私が杏子の着替えや髪を整えているときも、

「じっとしてて、お母さん下手なんだから」

という言葉には、

「はーい」

と言って、じっとしていてくれたり…。

知らぬ間に子どものほうが、車椅子に座っている母親への対応を自然と身につけてくれ

ました。気遣ってくれることもあるほどです。

そう、ママの足は車椅子

亜希子の日記◆2009年6月29日（月）

保育園から帰ると、ジョーくん（愛犬のラブラドールレトリバー）のお散歩にじいじと行くのが日課になった杏子。じいじは、片手にジョーの紐、片手に杏子で大変そうだけど杏子は嬉しそう。

そして、最近は「ママも一緒に行こう！」とお誘いが…。じいじとジョー、その後ろを杏子と私が歩く。ガタガタ道では杏子のほうが早いくらい。私のスピードに合わせ、車椅子を握りながらゆっくり歩く杏子。最後はいつも、付き合いきれずに走りだす。

でも、庭には入らず、私が着くまで「ママー、ママー！」と待っていてくれる杏子。そして、一緒に庭へ。ありがとう。

そして、あるとき杏子が急に言いました。

「ママはあるけないけど、〝くるまいちゅ〟からうごけるよ」（ママは歩けないけれど、車椅子だから動けるよ）

「そう、ママの足は車椅子よ」

すると、ニコッと笑ってくれた杏子でした。

ふとした会話から、いつの間にか自分でそんなことが言えるほどになった私自身に、そして杏子の成長ぶりに気づきました。

女同士の楽しみを…

亜希子の日記◆2009年3月14日（土）

今日は、午後イオンへ。そして、パパはショッピングセンター内にある眼科へ。杏子と私は、その間ペットショップを見たり雑貨を見たり、絵本を見たりして待っていた。

そんなことができたことが嬉しかった！　本当に嬉しかった！　外出すると二人きりで行動するのは難しかった私たちも、こんなことができるようになったのね。

杏子が、お話が分かるようになり、自分の足でスムーズに歩けるようになったからこそ！　これからは杏子の成長と共に行動範囲を広げられるね。女同士いろいろなことを一緒に楽しもうね。

たかがショッピングセンター内ですが、二人でスムーズに行動できたことが嬉しくて仕方ありませんでした。街でよく見かける、母親と子どもで外出を楽しんでいる光景を、いつも羨ましく感じていたからです。

それまでは、ほんの短い時間でしたら二人で時間をつぶすことは可能でした。

お出かけ大好きの杏子です。
今日はスーパーへお買いもの（09年９月）

しかし、長時間となるといつも人の手が必要でした。杏子は行って欲しくないところに行ってしまったり、触って欲しくないものに触ってしまったり、オムツ替えをしなくてはならなかったりしたからです。外出すると二人で過ごす時間というものはほとんどなかったのです。

それが、杏子が3歳へと近づく頃になるととてもスムーズに行動できるようになってきました。今では、

「ママ！　このバッグかわいいね」

「ほんとね。ピンク色がかわいい！」

「モモ、これほちい（欲しい）なあ」

などとおねだりまでされるようになりました。しかし、こんなふうにバッグのかわいさを共感できるのも女同士だからこそ…。

まだ二人でタクシーや電車を利用した経験のない私ですが、車の運転をあきらめたので、利用できる交通機関は利用して、杏子と二人、女同士での外出をこれから楽しんでいきたいと思っています。

杏子と手をつないで…

亜希子の日記◆2009年5月20日（水）

今日は、私も杏子を保育園にお迎えに行った。

私の姿を見つけるなり、窓越しに「ママ！　ママ！」と嬉しさいっぱいに手を振る杏子。「せんせっ、さようなら！」大きな声でご挨拶ができてびっくり。お友だちにも「○○くーん！　バイバーイ！」と遠くから手を振っていた。親の知らぬ間に、我が子はしっかりたくましく成長していくのだなあ…。そんな成長が嬉しくもあり、なんだか淋しい気持ちもする。

そして、杏子も嬉しそうだったけれど私も嬉しかったこと！　それは杏子と手をつないで歩いたこと。もちろんじいじに車椅子を押してもらいながらだけどね。

気づけば、私、こんなことがしたかった。我が子を保育園のお迎えに行き、「今日楽しかった？」なんて一日のことを話しながら我が子と手をつないで歩くことを…。

車椅子をこぎながらとなると、どうしても杏子の手をつないであげることはできません。

ですので、いつも私と歩くとき杏子は車椅子の一部分を握って私の隣を歩いています。

その日、ふと私が手を出すと杏子は嬉しそうに握りました。そして、父が車椅子を押してくれたのです。私もそうですが、杏子もきっとお母さんと手をつないで歩くという、そ

保育園の帰りです（09年9月）

んな素朴なことをしたかったのではないかなと思いました。

小さな頃は、いつも私がこぐ車椅子のひざの上にちょこんと座っていた杏子です。食事も、着替えも、オムツ替えも遊ぶこともひざの上でしていたくらいです。バランスをとって座っていることが上手いこと！

しかし、3歳を過ぎて体が大きくなると、ひざの上では無理を感じるときもあるようになりました。杏子が大きくなっていくこれからは、親子なら誰でもしているように、たまには、杏子と手をつないで歩きたいと思っています。

ママ、歩けないの？

亜希子の日記◆2009年8月10日（月）

そろそろ寝る時間。麦茶を飲んで、歯を磨き、トイレも済ませた杏子。私の膝に乗り、急にハッとしたように、

「ママ、歩けないの？」と問いかけた。

「どうしたの？　急に！　そうよ、ママ、歩けないの」

「どうして？」

「車に乗っていて事故に遭って、怪我をしちゃったの」

「病院行ったの？」

「行ったよ」

「見て。モモの足動くよ。ママは？」

杏子は自分の足を動かして見せた。

「動かないの。動かしたくても動かないんだ」

「ふーん。手はグーパーできる？」

杏子はグーパーをして見せた。私もグーパーしながら、

「上手にできないけど、ほら！　できるよ」

私は思い切って尋ねてみた。

「ねえ、モモ。歩けるママと歩けないママどっちがいい？」

「うーん。歩けるママ。保育園に…」

最後ははっきりと言葉にならずに、杏子の言いたいことが分からなかった。

杏子の初めての率直な質問に、私は少し戸惑ってしまった。杏子は杏子なりにいろいろなことに気づいてきたのかな。とうとうこの日が来たのかな…という感じ。なんとなく複雑。

私の体について、杏子に質問されたのは初めてでした。母親が歩けないので車椅子生活だということに何の疑問も感じていなかった杏子。そんな杏子の中で何かが変わり始めていることを感じました。他のママと自分のママは違う…。そんなことを漠然と感じているように思いました。これからは、保育園や学校で「どうして…私のママは…」と考える場面も多々出てくるのかもしれません。きっと出てくると思います。

母親に障害があるがゆえに葛藤に苦しむ我が子の姿に直面したときほど、私にとって苦しいことはないのではないかと思います。歩けなくなってたくさんの葛藤を乗り越えてきたつもりですが、杏子のそんな姿に不自由な自分の体を責めてしまうでしょう。そんな苦しみを想像するだけで、辛いばかりか怖くなるほどです。

しかし、私が弱気になってしまうことで一番悲しむのは杏子です。敏感になっている杏子の心にいつでも堂々とまっすぐに向き合っていきたい、親としてそう思っています。私の想いが杏子にもいつかきっと伝わってくれることを信じて…。

7章

娘と肩を並べて歩くために

憧れの鈴木ひとみさんと

先の見えない入院生活。私ばかりか、私を心配するみんなを励まし続けてくれていた3冊の本があります。私が、まるでお守りのように大切にしてきた本です。それは、『一年遅れのウエディングベル』そして、『気分は愛のスピードランナー』『命をくれたキス』です。事故直後、佐登美お義姉さんが以前見たTVドラマ「車椅子の花嫁」を思い出し、購入してくれたものです。

この3冊の本の著者でドラマのモデルの鈴木ひとみさんは1982年ミス・インターナショナル準日本代表に選出され、その後はモデル、TV、CM、ショーなどで活躍された美しい女性です。しかし、1984年8月、モデルとしての仕事の復路、私と同じく交通事故に遭い、頸髄を損傷、車椅子生活となりました。1986年には事故当時からの婚約相手である鈴木伸行さんと結婚し、その美しい姿や感動的なラブストーリーはドキュメンタリーやドラマとして放送されたほどです。

また、ひとみさんは美しいばかりか精神的にも強い女性です。車椅子陸上競技では数々の賞を手にし、ライフルでは2004年アテネパラリンピックに出場しました。

入院中、死ばかりを考えていた私にとって、同じ障害を持ちながらも美しく強く輝く人生を歩んでいるひとみさんは、憧れそのものでした。まさか、その鈴木ひとみさんとお会いできる日が来るとは…。

それは、退院後の2005年10月22日のことでした。母の勤務地である行田市の教育文化センターに、鈴木ひとみさんが講演にいらっしゃるとのことでした。入院中からひとみさんの講演を絶対に聞きたいと思っていた私は、当時妊娠がわかり、つわりで苦しんでいましたが、講演に行きました。

舞台の幕が上がり、車椅子に座るひとみさんの姿を目にしたときのまぶしさは忘れられません。

講演が終わると、本の販売とサイン会。私は、すでに持っていた3冊の本を手にして並

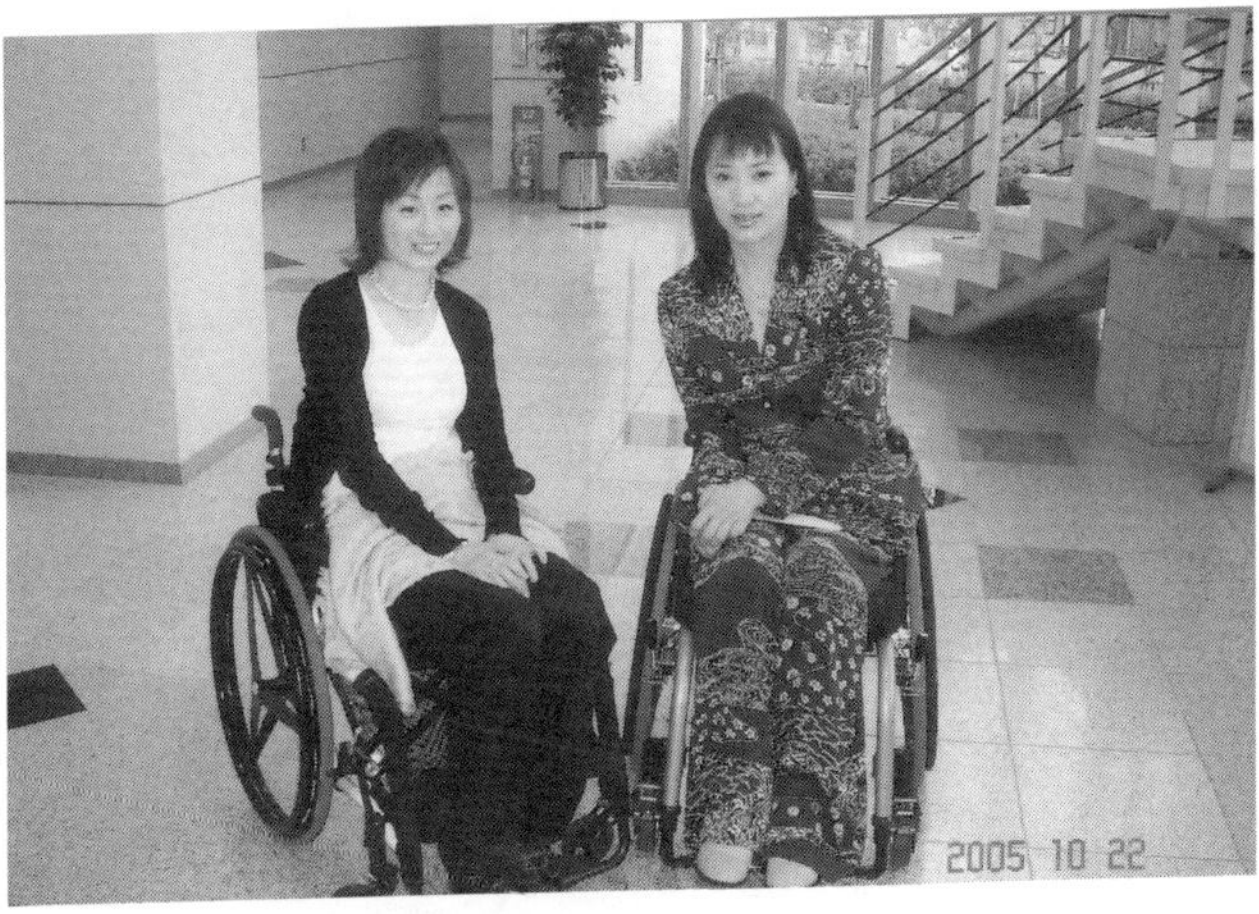

憧れの鈴木ひとみさんと（2005年10月）

びました。

「私も同じ頸髄損傷です。ひとみさんの本に励まされてやっとここまで来ました」

「ありがとう…。舞台からも、車椅子の方がいらっしゃるなと、わかりましたよ」

憧れの鈴木ひとみさんが目の前に…。そして、握手をしてくださいました。その感触の力強さと温かさ、そしてあまりの美貌に目がくらみました。写真まで一緒に撮ってくださり、夢のような一日でした。

その日をきっかけに、ひとみさんとのお付き合いが始まりました。ひとみさんのお宅にお邪魔させていただいたり、我が家にも遊びにいらしてくださったりしました。

その中で、現在は、執筆や講演活動のほか洋服メーカーのモデルやアドバイザー、企業のバリアフリーアドバイスなど、幅広く活躍されるひとみさんの真の美しさと強さに、いつも大きなパワーをいただいています。

ひとみさんは、私の車椅子人生の素晴らしい先輩です。私も、ひとみさんのように何歳になっても身も心も美しく、自分の人生を自らの手で切り拓いて、自立して歩んでいくことが夢です。

心のバリアフリー

📖亜希子の日記◆2007年2月1日（金）

保育園にお迎えに行くと、杏子はすぐに私のひざに乗りたがる。杏子をひざに乗せて玄関に飾ってあった7段飾りのお雛様をみていた。すると、私たちに二人の男の子が寄ってきた。そして、「近づかないで！」と…。どうやらお雛様に近づかないでということを言っているらしい。

「そうよね。お雛様は見るものだから触ったりしてはダメよね」と私が言うと、何を言うでもなく、「わあー！　来たあー！」と私たちから逃げていった。まるで、嫌われ者の子から逃げるように。

近くにいたその子たちのママは申し訳なさそうにうつむいて、「すいません」と謝った。「いいえ。子どもたちには車椅子なんて見慣れませんから、びっくりしますよね」と笑顔で返した。

しかし、車に乗ったら涙が溢れた。杏子には気づかれたくなかった。私がそんなことを言われたことにショックを受けているわけではない。ひざの上できょとんとした杏子を思うと涙が溢れた。自分の母があんなふうに言われるってどんな気持ちになるだろう。これからも、こうした現実が待ち受けていることだろう。

でも、杏子、何も恥じることはないよ。

亜希子の日記◆2007年9月7日（金）

明美ちゃんのお世話になり、お迎えに行くと顔を両手で隠した杏子が保育室から先生と歩いて出てきた。そして、私のもとに来るとニコリ。保育園の生活にもすっかり慣れたように感じる。

「ももちゃんのママ、どうしていつも座っているの？」と大きいクラスの子が私の姿を見てママに質問していた。ママも少し戸惑っているような様子。

子どもたちには、車椅子生活の私にたくさんの興味や関心、疑問を持ってもらいたい。私の姿や、手助けしてくれている明美ちゃんの姿にも見慣れて欲しい。お迎えに来るママたちや子どもたちに、何かメッセージが送れたらと思う。

私もたまには明美ちゃんにお迎えに連れて行ってもらうことがありました。そんなときは、テキパキと動くママたちの中で車椅子姿は私一人。戸惑いもありましたが、杏子のためにもどんどんお迎えに行って、私自身も精神的に強くならなくては…！　と思っていました。

ある日、気づいたのです。お迎えに行くということは杏子や自分のためだけにとどまらないな…と。同様にお迎えに来るママや子どもたちに、「車椅子で生活している人もいるんだ。車椅子のママもいるんだ」と私の姿に見慣れてもらったり、接し慣れてもらう。また自然な形で私や杏子に手を差し伸べてくれている明美ちゃんや歩くんの姿も見慣れてもらう。そんな貴重な場面になるのではないのかと思ったのです。

そのように考えるようになった矢先にさきほどの「事件」がありました。子どもの世界は大人の世界の縮図です。親が障害者ということで、この子はこれから偏見を持たれることがあるだろうか…。悲しい思いや葛藤にかられることがあるだろうか…。そんなことを考えているうちに涙が溢れてしまいました。

しかし、すぐにハッとしました。私が杏子のたった一人の母親です。何も恥ずかしいことはない。もっともっと、お迎えに行こう。社会に出ようと…。

自分が障害を負って感じることは、「障害者である私たちへの対応を学んでください。車椅子利用者への介助の技術を身につけてください」ということではありません。見慣れてもらいたい、接し慣れてもらいたいということです。スロープを付ける、手すりを付ける、段差をなくすなどいくらハード面のバリアフリーだけを整えても、あらゆる障害者やお年寄りが安心して外出できる社会をつくることは無理なことだと思います。そこを補うのが、人対人、心対心のソフト面のバリアフリー、心のバリアフリーです。そのためにも、私たち障害者に慣れていただくことはとても大切なことだと思っています。

特に、これからの社会をつくる我が子はもちろん、子どもたちには、対象が障害者に限らず、困っている人に自然と手を差し伸べられるやさしい心を身につけてもらいたいものです。

積極的に社会に出て行くなかで、特に我が子をとおして子どもたちとかかわる機会を大切にしていきたいと思っています。

奥様は車椅子ユーザー

結婚しても絶対に幼稚園教諭として仕事を続ける！　そんな固い信念を抱いていたあの頃、今こうして専業主婦として朝から晩まで家事や育児に追われているなんて想像すらできなかったことです。しかも、ただの専業主婦ではありません。私は、「奥様は魔女」ならぬ、「奥様は車椅子ユーザー」。車椅子に乗った奥さん。そして、お母さんなのです。必死でこなしていた家事も慣れてきた今だからこそ、こんな言葉が出るようになりました。

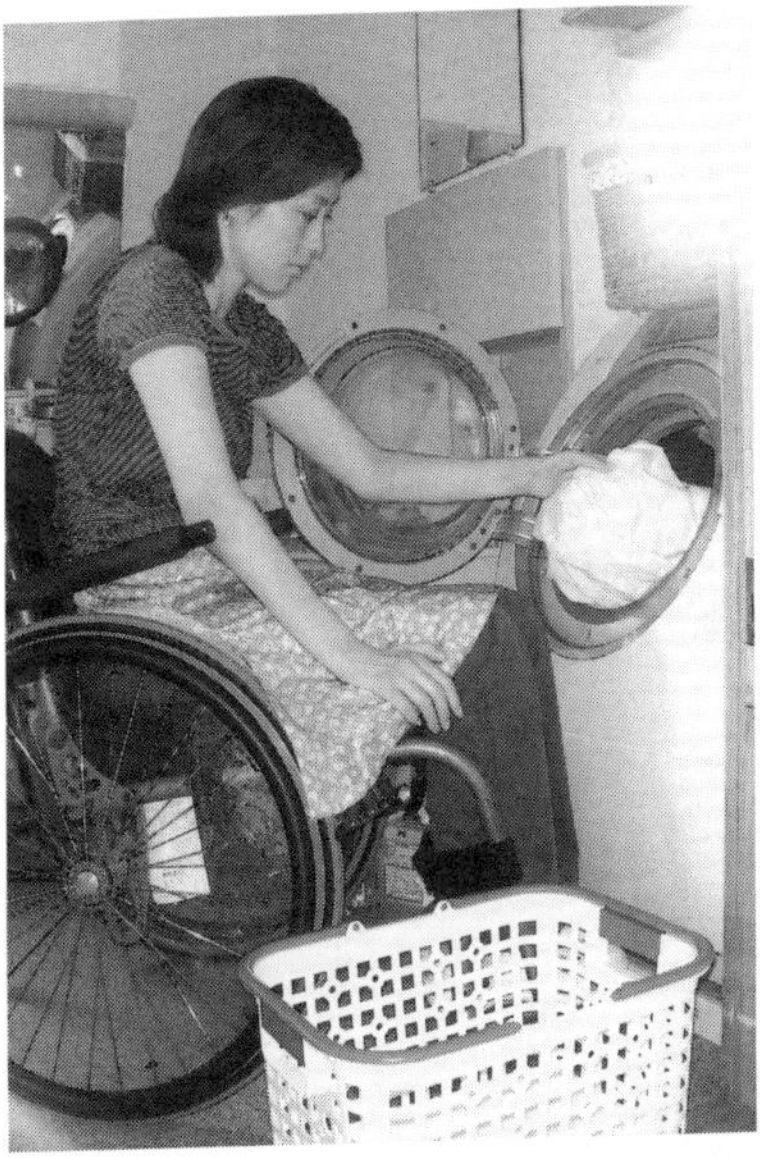

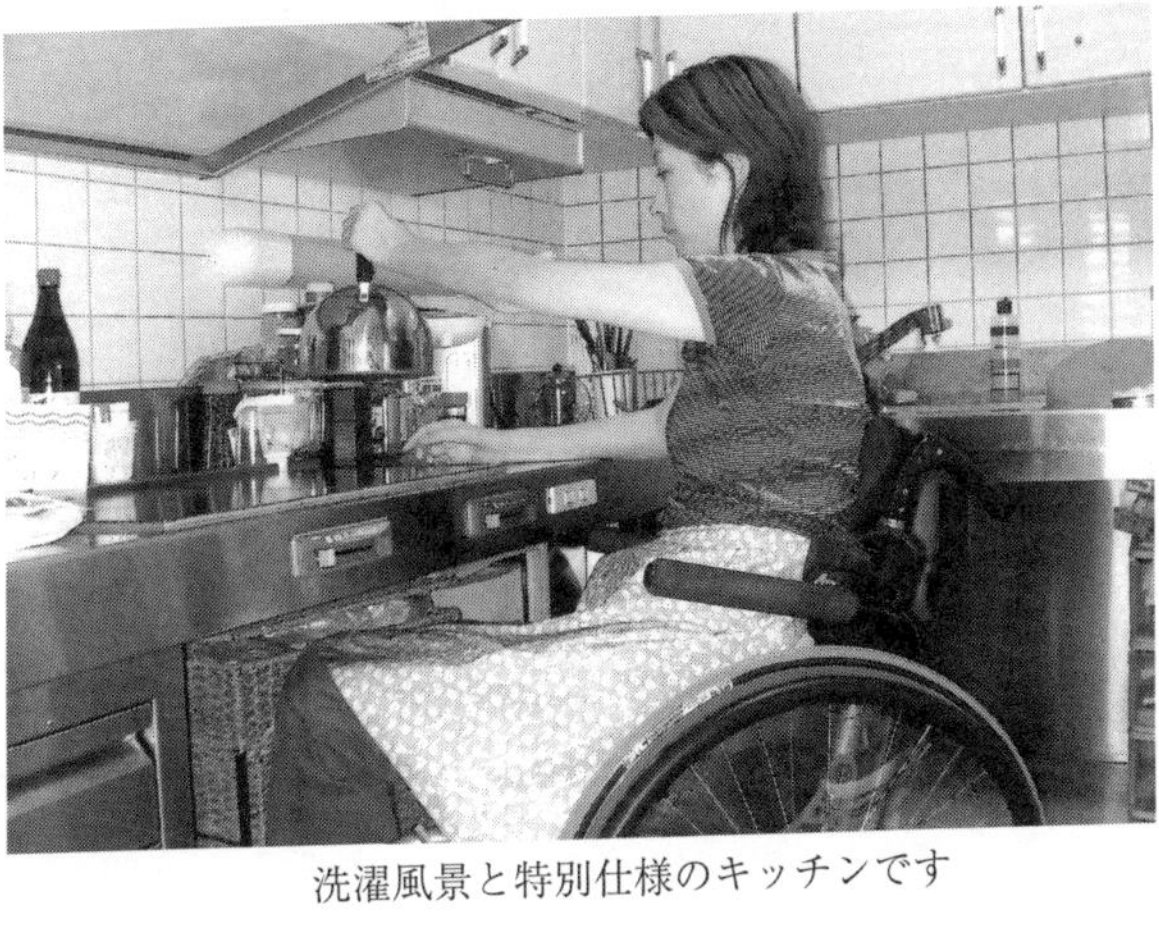

洗濯風景と特別仕様のキッチンです

ところで、ほとんどの方が、私の生活を想像することはできないと思います。もちろん身近にこうした障害者がいる方は別ですが…。たまに言われることでカチンとくることがあります。

「昼間はベッドに横になるの？」

「家事をしてるの？」

答えは、

「普通の主婦の方と同じで、昼寝なんかしている暇はありません！」

「家事？　もちろん。こう見えても私は妻であり母ですから」

なんだかムキになっている自分がいます。逆の立場なら私も深い意味なしに、そんな素朴な疑問を抱くと思います。車椅子の人が家事をしたり育児をしたり想像もできないし、無理なことなのではないかと…。

みんな、私をけなしている訳でもなんでもないことは分かっています。しかし、悔しくなるのです。自分がこんなにも、夫のために娘のために！　と体も心も奮い立たせて家事に臨んでいるのに、社会の目は、

「障害者を抱える家庭って大変」

とむしろ障害者である私がお荷物扱いにされていることを感じるときがあるからです。

確かに、体に何の障害もない人に比べると、私は人の手を借りなければならないことも

多々あります。お風呂掃除や布団干し、高いところの掃除や重いものを持ったり片付けるなどなど…。しかし、きっと共働きの夫婦も同じだと思うのです。料理や掃除、育児、二人で分担してやっているのではないでしょうか。

人の手を借りながらの私の家事ですが、その仕事は歩いていた頃よりずっとハードです。今までの2倍・3倍の時間をかけないと一つのことができない。立てたら歩けたら、どれほど早い？　どれほどラク？　車椅子をこぎながらの家事はそんな思いの連続です。おまけに、痙性（けいせい）や胸から下に走る強烈な痛みなど、身体的苦痛も四六時中つきまといます。そんな体とたたかいながら、杏子が帰る4時頃までに掃除、洗濯、料理を済ませます。

悔しいことですが、がんばっている割に成果が見られません。形として見えづらいことが悔しくなってしまうことがあります。こんなに時間がかかったのに、これしかできていない！　アイロンをかけようと思ったのにかけられなかった！　あんなに時間をかけた料理も母がやれば私の三分の一の時間。短い時間でこんなにたくさんのことができたの？と唖然としてしまうこともあるほどです。

自分が専業主婦となった今は、妻として母としてこの仕事にやりがいを感じています。もっともっと私のこの手で、家族の笑顔を増やしたいと思ってます。

できることに感謝

📖 **亜希子の日記**◆2006年6月23日（金）

今朝は、AM0：00〜5：00まで寝たり起きたり…の杏子。ベッド上でおっぱい、オムツ替え、抱っこの繰り返しでさすがに辛かったよ。歩いて少しでもゆらゆらしてあげたら…と思うけれど、どうしてもできないのよ…ももちゃん。できないことを嘆くよりも、できることに感謝して子育てがんばるよ。

📖 **亜希子の日記**◆2008年4月10日（木）

一日、自分のペースで家事。保育園から杏子が帰ることが楽しみ。帰るとゆったり二人で過ごす。お母さんのひざの上で1時間以上おやつ食べたり遊んだり、テレビを観たり。

怖いのは褥瘡（床ずれ）。どうにかプッシュアップ（腕の力でお尻を少し上げたり、姿勢を変えて一点に集中する圧を逃がすこと）でがんばってみる。

杏子はみんなが帰ってくると動けるじいじやばあばのところへ行ってしまう

から、この時間は二人で過ごす大切な時間なんだ。上手にプッシュアップして、ひざの上で甘えさせてあげたい。

車椅子生活になってから、それまではなにげなくしていたことができなくなり、その度に、どうして私だけがこんな体になってしまったのかと嘆いてばかりいました。特に育児に関しては、手際よく子どもの面倒をみるママたちの中で、私は子どものことはもちろん、自分のことにまで時間を費やし、情けなさによく落ち込んでいました。

しかし、そんなときはいつも自分のできること、できたことを考えるようにしています。友だちみんなとは少し違った人生になってしまったけれど、みんなと同じように母親になれた。私は立てないけれど、こうして車椅子に座って杏子を抱っこすることができる。みんなよりも抱っこは下手でも、私にしかおっぱいはあげられない。手は思うように動かないけれど、離乳食が作れる…などです。

すると、自然と自分に残された機能や可能性に感謝の気持ちが湧いてくることに気がつきました。そして、このわずかに残された機能で自分にできることを精一杯やろう。私は、自分にできることを精一杯にやればいいんだと考えられるようになりました。

すると、気持ちがスーッとラクになりました。いつも今までの自分や他人と比べて、あれができないこれができないと、できないことばかりを考えていたからです。それが、

「障害があっても私って結構あれこれできる。できないことはできる人に任せて、私はできることを精一杯にやっていこう」と気持ちが変わったのです。

「できることに感謝　できることを精一杯」は、私の人生のひとつのスローガンのようになりました。

人に頼ってもいいんだ！

2007年12月。次の日の講演に向けて練習をしているときでした。急に目が回り始めました。今までには経験したことのないめまい。周りのものがクルクルと早いスピードで回るのです。そして私はどうにか、ベッドで横になりました。その後は、ひどい車酔いのように気持ちが悪く、食事もできませんでした。

（私、とうとう頭までおかしくなってしまったのかしら）

夫や両親も心配しました。もしかしたら、事故のときに頭を打っていて、その後遺症が今になって出たのではないか…と。

後日、頸椎の手術をした埼玉医科大学総合医療センターに行き、検査をすると右耳が聞こえにくくなっていることが分かったのです。そして1週間後に再度検査すると、さらに右耳の聴力は下がっていました。

そこでの診断名は「メニエール病」。私はこの病気について知りませんでした。メニエール病とは、医師の説明によると「平衡感覚をつかさどる内耳に病変があって、耳鳴りや難聴を伴う、めまいの発作が繰り返し起こる病気」だそうです。そして、薬が処方されました。


しかし、いくら薬を飲んでも、難聴もめまいも改善されません。病院に通い始めてから、2、3か月たったある日、医師から告げられました。

「ここまで薬を飲んで、耳の聞こえに変化がないようなのでもう薬はやめましょう。回復の傾向がある方ならば、もう成果が出ているはずです」

「耳の状態やめまいは治らないのですか？」

「悪くなることはあってもよくなることはないと思います。もしも、聞こえが悪くなったり異変を感じたら、病院に来てください」

「そうですか…。何か気をつけることはありますか」

「この病気は、はっきりとした原因がわからないのですが、性格的に責任感が強かったり神経質な人に起こりやすく、強いストレスや睡眠不足、疲れなどから生じると言われています。ですので、なるべく上手に周囲に協力してもらって、ラクに生活するようにしてください」

「はい…、ラクに…」

体にこれだけの障害があるせいか、難聴やめまいくらいなんてことない！　と思っていた私ですが、現実となると悲しくて仕方ありませんでした。

しかし、このメニエール病発病をきっかけに、私はラクに楽しく生活ができるようになりました。退院してから、生活全般がリハビリだった私は、生活すること自体に夢中でした。「これもあれも自分でがんばらなくては。工夫したり時間をかければできることはなるべく自分でやらなくてはいけない。それが一番のリハビリなのだから」と…。

確かに障害者にとっては、自分の力で生活すること自体がリハビリになります。しかし、人にやってもらうこともときには大切と感じられるようになったのです。それは甘えではなく、人生をラクに楽しく生きるために…。

例えば、小さなことですが、料理の最中にヨーグルトなどのカップのフタを開けるとします。私は左手に握力があるものの、細かな作業が苦手です。特に指先を使ってつまむことが苦手です。急いでいるときなどは、まるで子どものように噛んで開けています。またジャムなどのビンも新しいものは固くて空きません。しかし、かなりの時間をかけてがんばれば握力のない人用の福祉用具を使って開けられることもあります。その時間といったら10分、15分。もっとかかってしまうこともあるほどです。その他、ここで少し手を貸してもらえたら時間を短縮できる、スムーズに進む、人を待たせないで済む、などといった場面が日常にはたくさんあります。

今の私は、そこに手があるのならば躊躇しないで借りたほうがよいと考えるようになりました。人によっては、それを甘えと感じるかもしれません。確かに自分で努力してできたことは嬉しいですし、その積み重ねが自立心を鍛えるのでしょう。しかし、小さなことひとつひとつに長い時間を要し、できるかできないか、そのたびにハラハラ、イライラして余計な時間と余計な想いをしているならば、人の手を借りたほうが自分の生活をラクに楽しめると思うようになりました。

人に頼ってもいいんだ！

そんなふうに考えられるようになってから、生活ばかりか、生きていくことがラクに楽しくなりました。

考えてみると、歩いていた頃は、「自分でがんばらなきゃ」などと自分に課題を立てて生活してなどいませんでした。生活することはもっともっとリラックスしていて何気ないものだったはずです。「その生活に近づきたい。生活すること、生きること自体をもっとリラックスした楽しいものにしたい」と考えるようになったのです。

私は今後の人生を「もっとラクに楽しく生きよう」と思っています。どうせ、一度の人生。もう十分苦しんだし悲しみました。今、33歳。残りの人生はあとどれくらいでしょう。あとは、たくさん笑ってたくさん幸せを感じて生きていきたいと思います。

もちろんそのためには、人に頼るばかりではなく、自分も努力することは忘れてはいけないと思っています。日々の生活をしっかり送ることが何よりもの体力維持になることを忘れず、自分なりの器で自分なりの努力を大切に…。

「講演」というあらたな世界

車椅子で外出をし、人から見られることがイヤでたまらなかった私。そんな私が今となっては、1か月に何度か数十人、数百人の前に立つ機会があります。それは、講演者としてです。テレビで放送された私のドキュメンタリーをご覧になった地元の加須市教育委員会の方からの講演依頼を受けたことをきっかけに活動は広がりました。今となっては、大人ばかりではなく、高校生や小中学生に向けて講演させていただく機会があるほどになりました。

戸惑いつつお引き受けした講演ですが、回を重ねるうちにやりがいを感じるようになりました。そして講演という機会が、障害者として生きる自分の人間性を高めてくれている

講演の機会が増えました。講演でもたくさんの出会いをいただいています（下：大人ばかりでなく、高校生や小中学生にも）

ようにさえ感じるようになりました。それは、講演活動の中での貴重な出会いの数々のお陰だと思っています。


「よくがんばっているね。生きるパワーをもらったよ」

「私にも悩みがあったけど、頑張る気になれました」

と涙を流して聞いてくださる方もいらっしゃいました。

また、脊髄の病気に苦しみ、体の麻痺が進行している二十代の女性は講演終了後に、

「お話されていることが、私の気持ちそのままです。私も友だちに支えられて今があります。今日は生きる勇気をいただきました。ありがとうございました」

と友だちに体を支えてもらいながら私の元へ来て、目に涙をいっぱいうかべて話してくださいました。また、娘さんが私と同じように交通事故で車椅子生活となってしまったという方もいらっしゃいました。同じ車に乗っていた夫はその事故で亡くなり、子どもも二人いるので、祖母であるその方が生活のサポートをしているということです。

その他、高校ではペースメーカーを抱えて高校生活を送っている男子生徒にも出会いました。きっと毎日の生活でたくさん苦しみや悲しみもあるでしょうに、私と話したとき、はにかんだ笑顔を見せてくれたことが印象的です。

感想文より

自分は、手術が終わった後、これでもう幸せだと思っていました。しかし、手術が終わってからが始まりでした。何度も死のうと考えました。今までやってきた大好きな運動もできなくなり、自分の存在がよく分からなくなって、どん底まで落とされた感じでした。

でも、それから少しずつ、友だちや先生が支えになってくれたことをよく覚えています。自分には、できなくなってしまったことは多いけど、その分できることに対する気持ちが強くなり、今の生活はとても充実しています。支えてくれた人たちのおかげだと思います。

又野さんの講演を聞き、色々な面で頑張ろうとか頑張れるという気持がわいてきました。

また、自殺を考えていたという男子生徒にも出会いました。

感想文より

僕も毎日死にたいと思っていた時期がありました。精神安定剤と睡眠導入剤のおかげで今、また生きる希望が持てました。だけど、僕を救ってくれたのはその薬だけではなく、友人の「お前は、俺の大事な友だちだ」という言葉でした。そのとき、僕は、また人を信じて生きる勇気をもらいました。

やっぱり自分はみんなに支えられて生きているんだなということを又野さんの話を聞いて改めて実感しました。

これからも辛いことや悲しいことがお互いにあるかもしれないけれど頑張って生きていきましょう。

たくさんの出会いの中で改めて感じる事があります。

それは、失ってしまったものは大きいけれど得たものはそれ以上に大きい。そして、失ってしまったものの代わりはたくさんあるけれど、得たものの代わりはないということです。そして、何よりも人間が生きているからこそ、命あるからこそ持つ強さを感じています。私も自分が人間として持つ力を信じて、周囲の人を大切にこれからも前進していきたいと思います。

講演活動は、私が多くの方々にメッセージを送る機会であるとともに、たくさんの出会いの中でたくさんのことに気づき大切なものを得られる、私にとってかけがえのない新しい世界となりました。

夢 ～障害者として生きる道～

幼稚園教諭・保育士として勤務していたにもかかわらず、我が子の子育てとなると、「こんなに育児って大変だったんだ…。思うようにはいかないものだわ」と日々痛感しています。しかし、杏子の無心の寝顔を眺めていると、苦労の反面、今までに味わったことのない幸せを感じます。

そして、車椅子生活5年。新しい体に生まれ変わって、たった5歳の頼りない私を、杏子が親として人間として育ててくれているような思いがしています。

2306gで産まれ、小ささあまりに母乳さえ吸えなかった杏子が3歳となりました。活発におしゃべりしたり、元気いっぱい走り回ったりするたくましい杏子ですが、さまざまな生活の場面で私に対して「だいじょうぶ?」と気づかってくれることがあります。

先日、私がお風呂で不安定な姿勢になり、「あっ、こわいっ」とつぶやいたときのことです。おじいちゃんがいると思った杏子は、誰もいないリビングに向かって、お風呂の扉を開け、「じいじー!! ママが怖いって!」と慌てた様子。「だいじょうぶよ。ありがとうね」「うん」とホッとしたような表情をしていました。

無意識のうちにお母さんを守らなきゃという気持ちを持つようになっている杏子の姿に成長を感じました。

私の夢は「杏子と肩を並べて歩くこと」です。

それは、実際に歩いて肩を並べることではありません。もちろんそんな日が来たらどれほど幸せでしょう。しかし、それよりも私が大切にしたいことは、たとえ車椅子という身でも自立をして、心の足とこの車椅子で自分の道を歩むということです。自立した一人の母、人間として杏子と肩を並べて歩きたいということです。

杏子が大人になったときに、杏子にとって恥ずかしくない母、人間でありたいと思っています。障害者の母を重荷として思うことなく、お互いに一人の人間として尊重し合える関係になることが夢です。

そのために、これからは障害を負った私だからこそできることに何でも挑戦していきたいと思っています。本当ならば、以前のように先生として子どもたちと広い園庭を駆け回りたい。しかし、それができなくなった今は、私にできることは何でも精一杯にやってみたいと思っています。

せっかく?この体になったのだもの！　よりよい社会づくりのために！　人がよりよく

生きるために！　何か私にできることがあるのではないかと思っています。

命を失ったかもしれなかった私が今、こうして笑顔で生きるなかで命や愛の素晴らしさを一人でも多くの人に感じていただけたら幸いです。特に、誰よりもこれからの明るい社会づくりの大きな担い手となる我が子はもちろん、一人でも多くの子どもたちのために、たとえ小さなことでも何かができたらと考えております。

あとがき――命の輝き

「一寸先は闇」という言葉がありますが、自分に限って、我が家に限って、と思っていた私にとって、それはまさに真実でした。

また、「朝の来ない夜はない」という言葉もありますが、それもまた真実でした。深く暗い闇の中でいつ訪れるか分からない朝を待ちわび続けていました。しかし、気づくとそんな私にも希望の朝が訪れました。私を囲むたくさんの方々の愛が、私の命に再び光を与えてくださったのです。

笑顔が戻った今だからこそ言えることですが、苦難にどう向き合い、どう乗り越えるかは自分次第。結局のところ自分の力で乗り越えるしかないと思うのです。しかし、自分ひとりではとても乗り越えられない苦難もあります。そんな時は、自分が一生懸命に生きれば、必ず周囲の人が応援し励ましてくれることも知りました。

たくさんの苦難を乗り越えてきた今、私の心は毎日幸せでいっぱいです。幸せが心から溢れ出ているかのようです。

その幸せは特別なものでも何でもありません。こうして楽しく家族そろっておいしい食事ができること、出かけられること、友だちと心の底から笑いあえること、新緑のまぶしさに感動できること、そして夫、杏子といつも一緒でいられること…。いろいろなものを手に入れても幸せに満たされていると思えなかった私ですが、今となっては日常生活すべてのことを幸せと感じられます。

なぜならば私はあの日を境に、この目の前にある大切なものすべてを失っていたかもしれないからです。あの時にこの世を去っていたら、私を囲むたくさんの笑顔にはもう会えなかった、何よりも杏子には出会えなかったのです。人間の幸せって、こんなにも素朴で身近なところにあったのかと感じています。

そして、障害を負ってから、以前に増して、出会いを大切に考えられるようになりました。それは、事故に遭遇してから今まで素晴らしい出会いに恵まれ、その出会いをきっかけに人生が豊かになったように感じるからです。恋人に限らず、きっと人と人との出会いは運命だと思います。

障害を負ったからこそそのたくさんの素敵な出会いに感謝しています。その出会いこそが私を笑顔へと導いてくれました。きっとこれからも素敵な出会いがたくさん待っているはずです。その出会いをいつも大切に生きていきたいと思っています。
そして、これから待ち受けている苦難から決して逃げずに、何よりも自分を信じて前を向いて生きていきたいと思います。

最後になりましたが、私を支え、そして支え続けてくださっているたくさんの皆様に心からの感謝の気持ちを込めてこの本を捧げます。

出版の機会を与えてくださった大谷貴子（骨髄移植で白血病から生還し、全国骨髄バンク推進連絡協議会会長などとして奔走されています）さん、最初は戸惑いながらの執筆活動も次第にやりがいを感じながら書くことができました。新たな世界が広がりました。貴重な機会を与えてくださいましてありがとうございました。
また、大谷さんのご紹介で出版をお引き受けくださり、大変丁寧に原稿執筆のアドバイスや本づくりをしてくださったあけび書房の久保則之代表はじめ清水まゆみさん他スタッフの皆様に深く感謝申し上げます。

２００９年9月　　　　　又野　亜希子

又野 亜希子（またの あきこ）

1976年1月、埼玉県加須市に生まれる。

1998年3月、短期大学専攻科修了。小学校教諭・幼稚園教諭免許取得。4月、埼玉県内の公立幼稚園に勤務。

2002年3月、結婚のため退職。4月、保育士資格取得のため、再び短期大学へ入学。

2004年3月、短期大学卒業。保育士資格取得。4月、群馬県内の公立保育園に勤務。

2004年7月、交通事故に遭遇。頸髄損傷により、胸から下が麻痺に。手術・リハビリのため入院。2005年4月、退院。

2006年5月、長女杏子（ももこ）を出産。


現在は、車椅子で子育てをしながら、講演・執筆活動などに充実した日々を送っています。それらをとおして、重い障害を負ったにもかかわらず、生かされている意味を実感する毎日です。

ママの足は車イス

2009年10月10日　第1刷発行
2011年5月2日　第4刷

著　者——又野亜希子

発行者——久保　則之

発行所——あけび書房株式会社
102-0073 東京都千代田区九段北1-9-5
☎ 03.3234.2571 Fax 03.3234.2609
akebi@s.email.ne.jp http://www.akebi.co.jp

組版／アテネ社　印刷・製本／藤原印刷

本書は日本図書館協会選定図書です

あけび書房の本

ちいさなおばけちゃんとくるまいすのななちゃん

4・5歳～小学校低学年向け絵本
又野亜希子・文
はっとりみどり・造形
全頁カラー　1400円

優しさ、勇気、支えあい—障がい児問題を考え合うために、車いすママが願いを込めて作った素敵な絵本。新聞・テレビで大反響

幸平、ナイスシュート！

「白血病の幸平を救え！」みんなの大作戦が始まった●

小学高学年・中学生向け児童書

文・続木敏博、絵・タカダカズヤ　いのちの大切さ、みんなで力を合わせる喜び、そして、骨髄バンクの大切さを知る絶好の一冊！　海部幸世、大谷貴子、岸川悦子推せん
1362円

病気になってもいっぱい遊びたい

子育て支援を入院児にも！

坂上和子著　難病と闘う入院児にこそ、遊びの場が必要。日本の遅れとその充実を訴える感動の書。柳田邦男、川上清子、宮坂勝之、山崎貴美子絶賛。日本図書館協会選定図書
1600円

安全で質の高い医療を実現するために

医療事故の防止と被害の救済のあり方を考える

日本弁護士連合会編　なぜ医療事故は後を絶たないのか？　患者側・医療側・法律専門家がともに考え、提言する画期的な書。諸外国の制度もふんだんに紹介。関係者必携
2800円

価格は本体